Eu não disse

Lara Haje

cacha
lote

Eu não disse

Lara Haje

Para Gabriel e Liz

Invento? Sim, invento, sem o menor pudor. Então as histórias não são inventadas? Mesmo as reais, quando são contadas. Desafio alguém a relatar fielmente algo que aconteceu. Entre o acontecimento e a narração do fato, alguma coisa se perde e por isso se acrescenta. O real vivido fica comprometido.

Conceição Evaristo, *Insubmissas lágrimas de mulheres*

Há uma presença que se mantém depois de qualquer partida. Talvez até a verdadeira presença dos seres e das coisas só comece depois de seu desaparecimento. Não acha? Não acredito em ausência. Só acredito no rastro.

Mohamed Mbougar Sarr, *A mais recôndita memória dos homens*, (trad. de Diogo Cardoso)

I. CLÍMAX

Só existe um problema filosófico realmente sério:
o suicídio. Julgar se a vida vale ou não vale a pena ser
vivida é responder à pergunta fundamental da filosofia.

Albert Camus, *O mito de Sísifo*

VOCÊ

No dia seguinte ao enterro, fez ginástica cedo. Mesmo com o Rivotril, quase não tinha dormido, como se dorme depois de uma coisa dessa, a casa toda num silêncio acordado e solene. Ia fazer o que com o olho estatelado, melhor malhar, o corpo já todo duro e alerta. Come um ovo, toma vitaminas, os filhos aparecem, umas pálpebras baixas, olhar alheio, bebam o própolis, meninos, o suco verde, depressão também é falta de nutrientes. O filho diz fica tranquila, minha jovem, eu não vou me matar também não, repetia as mesmas expressões do pai, quando o pai ainda podia dizer para alguém ficar tranquilo. A filha engole primeiro o líquido ferrugem e depois o verde sem olhar para os lados, volta para o quarto, a mãe segue atrás; ela deita de lado na cama, onde já está a melhor amiga. Dão as mãos, as quatro mãos juntas, um emaranhado de dedos. Meninas, comam um pão de queijo. A gente vai tentar dormir mais, mãe, encosta a porta, por favor, os olhos já fechados de novo, a voz saindo de uma boca mole e entreaberta.

Porta fechada, a mãe dá de cara com o amigo do filho, quer pão de queijo, Antônio? Ele pega dois. Obrigada por ficar. Que isso, tia, vou sempre estar por perto. A mãe tem vontade de agradecer tudo, várias vezes, o bolo de mandioca com requeijão, a cesta de pães, que bom, não vai ter que sair pra comprar pão, os bilhetes amáveis, as caixas de chocolate, os amigos dos filhos que transformam a casa num forte armado contra o desespero, obrigada, obrigada mesmo, fiquem mais, a gente pede uma pizza.

Ela agradece, muda, nunca mais ter de ouvir os berros do pai dos filhos.

Em algum momento, sempre chegava este momento, mesmo quando ela achava que não chegaria, vinha por um lugar inesperado, em algum momento ele vai bater a porta com força, mandá-la tomar no cu pela janela do prédio, empurrá-la só com dois dedinhos em cima da cama, quase um empurrãozinho simbólico, ela vai acabar o casamento e ele passará a se referir a ela como a vagabunda, mas vai receber os convidados com um sorriso amplo e animado na festa de aniversário do filho, vai fazer o churrasco e nadar com as crianças, colocar Tim Maia pra tocar e filmar toda aquela alegria, vai ficar mesmo um filme emocionante, mas depois de um tempo ela vai estar no trabalho, no meio de um relatório, e vai saber que ele mandou mensagem pra mãe dela, vou aí te ensinar a não se meter na nossa vida, como ele se atreve, vai cair uma enxurrada do rosto dela, ela vai ser sempre a descontrolada, a que não consegue conter uma enxurrada nas pálpebras, mas pelo menos entrega o trabalho, a que está sempre levantando da cadeira de rodinhas pra falar no telefone lá fora: o quê, ele chutou o carro? Mas agora não, ela não vai mais esperar o pior. Aconteceu.

A mãe caminha como sentinela pelo apartamento, a sentinela de uma cidade devastada, perscrutando portas, observando rastros. Não há muito o que fazer além de dobrar edredons, separar devidamente o lixo seco do molhado, não é possível que até hoje não aprenderam isso, como é na casa deles, todos esses adolescentes que circulam pelos corredores, mas ela mesma fica na dúvida com a bandeja de isopor engordurada do presunto, afinal é reciclável ou não.

Entra no Instagram, a filha postou fotos com o pai, do pai, que o pai tirou, ela retira dos álbuns guardados e pendura no quadro magnético, lembrar de comprar mais imãs, a mãe pensa. Você pode ter vários homens, mãe, eu só tenho este pai. "João e Maria" do Chico pra ninar, massagem no pé, gente entra, gente sai, foi sempre assim, produtor, diretor, câmeras, pintor, quadro novo, outro quadro novo, vinho tinto, mais vinho tinto, sorvete de tapioca, centenas de CDs, novos planos, vou montar um estúdio de música, mirtilos e cerejas, aldeias de dinossauros, barracas feitas de lençóis, dívidas. Uma camada fina de pó sobre tudo, imperceptível.

O pai era assim mesmo, empolgado, barulhento, generoso, grandiloquente, explosivo, bufão. Até todas essas coisas virarem o seu oposto, ele minguar e parecer sempre sorumbático (o pai tirou duzentos reais da carteira dela no último natal, um natal em que ele entrou e saiu da sala com olho de bicho, sem dizer uma palavra, ou foi ela que se confundiu?). Tudo parece mesmo ter virado o seu oposto. Menos a explosão. Essa, sempre a mesma. Mas, a cada vez, pior.

Quando a mãe explicou: seu pai tem uma dependência química, tudo fez sentido, um sentido lento, uma máquina voltando no tempo, refazendo todas as cenas. Foi na sessão de terapia familiar, mais uma tentativa de terapia familiar, com uma família há muito tempo destituída, quem faz terapia familiar com pais separados. O pai insistiu, era pandemia, todos se encontrariam às três horas na videochamada. A mãe mandou recado pela terapeuta: só participo desta vez se ele falar da dependência; a terapeuta teclou: ele topou. Três horas, três e dezessete, três e trinta e três, o pai não aparece, a terapeuta diz pra mãe: vá em frente, conta você, do jeito que dá, ele não consegue. A mãe fala, depois o pai nega: sua mãe, sempre distorcendo tudo, me prejudicando.

A filha não se contém, não sei por que você defende ele, insiste que eu faça as pazes, ele só fala mal de você. A mãe levanta as sobrancelhas, aperta a lábios e balança a cabeça num sim discreto, parece conter uma explosão dentro da boca. Não é defesa, ele é seu pai, você vai ter sempre que se relacionar com ele. Mas você não quer né, mãe, você não quer nem falar com ele. Sim, ela não quer, desde o dia das mensagens com os berros. A mãe entretida com a lava-louças, a filha entrou e saiu de fininho do quarto, espiou o WhatsApp no computador e ouviu as mensagens. Eram realmente berros com todos os pulmões. Tá tudo bem, mãe? Tá, um *tá* estrangulado. Por que sua voz tá saindo baixinho, mãe? Eu não quero conversar, só não vou falar com seu pai nunca mais (depois falou muitas vezes). Foi a filha, também a filha, que aconselhou a madrasta depois do empurrão: denuncie à polícia (não denunciou). Isso tudo foi antes, quando a voz dela era firme e enfática, voz da adolescente que ela era até trinta e duas horas atrás, antes de envelhecer cento e três anos em uma noite e andar com as costas curvadas, a garganta comprimida, um som gutural: eu só quero dormir mais, por favor.

Já tem sete dias, vamos tentar ir pra escola sim, eu vou pro trabalho. A mãe sempre achando que todo mundo tem que ser um robô igual a ela, às oito horas já fez yoga, tomou banho, vestiu uma calça de alfaiataria e vai preparar o mesmo café com pão e ovo. Pelo menos pro segundo horário, você me liga se quiser voltar, insiste. Sete dias, a filha tem vontade de gritar, sete dias. Prefere fechar os olhos de novo e não se mexer.

A mãe desiste, bem, estou indo, se precisar me liga que volto na hora. Pode ficar tranquila que não vou me matar também não, mãe, a filha murmura como uma múmia, mas sente que a mãe precisa de qualquer coisa pra parar de parecer um cão de guarda, quer dizer, uma cadela mansa que acabou de parir, pelo amor de deus, sobrevivam. A mãe finalmente sai, e a filha se sente desperta pela primeira vez na semana, se levanta, abre o WhatsApp no computador, como de costume, quer descobrir alguma coisa, não sabe o quê, como alguém se mata e não deixa uma carta, desculpas, recomendações, persigam a vida, meus filhos, apesar de tudo.

Não precisa procurar muito, está lá, logo nas primeiras conversas. Sim, teve uma carta, um e-mail disparatado, a mãe escreveu, sabe-se lá o que é disparatado, a mãe sempre com essas palavras de nerd, abre o Gmail e encontra um e-mail encaminhado. Foi originalmente enviado para três amigos (as testemunhas), a ex-madastra e o avô (os réus na carta de acusação). Os filhos mais velhos, uns ingratos que não cuidaram dele no fim da vida, que pelo menos cuidem da irmã caçula agora. A mãe deles, a que ele não consegue nem dizer o nome, uma influência sórdida. Ela encaminha a carta para si mesma, apaga da caixa de enviados, desliga o computador, põe o uniforme, o tênis, cata o short, o top de lycra, e joga os dois na mochila. Manda mensagem para a mãe: vou pra escola, dps treinar, me busca às seis. Chama o irmão e conta: teve uma carta. Ele não quer ler.

Satisfeita, a mãe passa no supermercado, compra hambúrguer, pão, alface, tomate, maionese, ketchup, batata e uma Coca-cola, deve ser a primeira vez que compra uma Coca dois litros sem ser dia de festa, quando passa pela gôndola, pensa nas sete colheres de açúcar por copo e no gás se espalhando pelo corpo, é disso que precisa. São cinco hambúrgueres, e não quatro, volta para pegar mais um, porque, além da irmã caçula dos filhos, tem o Beto pro jantar. O filho celebra a Coca-cola, até a morte traz coisas boas, a filha ri com uma boca que tem firmeza de novo, o som delineado, não é mais uma voz esponjosa que escapa por entre os dentes e se espatifa no chão. De onde vocês tiraram esse humor tão ácido.

O filho ensina a irmã caçula a lavar com cuidado cada folha de alface e deixar secar no prato, tinha um secador de salada, mas quebrou, aí teve outro secador de salada, mas quebrou de novo. Aí teve outro secador de salada e quebrou de novo, a caçula repete e ri, aí teve outro e quebrou de novo. Ele passa cada banda do pão na frigideira com manteiga, corta as batatas em fatias finas e deixa a irmã colocar tudo na assadeira, misturando o chimichurri. Eu que misturei na bandeja, ela falta alto. Todos concordam: está mais gostoso do que hambúrguer e batata de lanchonete.

A cozinha nunca foi o lugar da mãe, sempre do pai. Ele preenchia o ar com cheiro de molho de tomate, voz de barítono, filhão, rala o queijo mas cuidado com os dedos, passos ritmados, Jorge Ben Jor. *Quem ama quer casa, quem quer casa quer criança, quem quer criança quer jardim, quem quer jardim quer flor, e como já dizia Galileu, isso é que é amor.* A mãe elogiava o bolonhesa. Mas às vezes preferia ficar deitada na cama de olhos fechados, segurando um caderninho. Não me lembro tanto de você na minha infância, mãe, o filho solta. É que eu não sabia quando o cheiro de bolonhesa viraria o fedor de um grito, ela tem vontade de responder. Mas não era só isso, queria ficar deitada com o caderninho, sozinha, mesmo sem grito.

Agora pronto, você não se lembra dela e minha mãe vai começar a falar do trabalho invisível das mulheres, que, de tanto ela dizer invisível, já está bem visível, a filha debocha, a mãe ri, e ainda estranha que seja possível rir depois de uma coisa dessa.

Beto, fica pra dormir, me abraça bem forte, Beto. Mas ela não dorme. Sórdida, ela, uma pessoa sórdida. Não conta para o Beto do e-mail, tem medo de o namorado concordar: tudo o que ela toca pode se tornar miserável. Dá um pouco de medo de você, o seu ex-marido se matou, ele disse um dia. Melhor tentar ler: *O medo da minha figura instaurar nele os mesmos ânimos suicidas, uma mulher tão cheia de motivações, qualquer um se esgotaria, qualquer um se mataria ao seu lado, você suga para si o pouco que os fracos têm.*

Ouve o barulho da água do filtro caindo no copo, quem será, quando se levanta, já não tem ninguém na cozinha, volta para a cama, 3h56. Beto diz: pode sempre me acordar na madrugada, mas vai falar o quê, prefere só pegar o braço mole e pôr de novo em volta dela. Já não sabe mais se é sórdido cobrar responsabilidade de uma pessoa doente. Diz a si mesma: ele adoeceu, foi adoecendo, você não provocou. Um transtorno bipolar agravado por um vício. O transtorno do monstro misógino? Anota o nome no caderninho. Mas, sim, acha que sim, foi sórdido tê-lo traído quando ele estava na lama, mas ele não admitia a lama, que no fim das contas não era lama. Era um abismo. Só no final a gente entende por completo uma vida. A barriga e o peito dela tremem como um bloco.

Quatro da manhã. Era sempre nessa hora que ela acordava e percebia que ele não tinha voltado e seus olhos ficavam abertos como se ela que tivesse cheirado. Beto está ali, mas tem um lugar na cama guardado para o vazio. De ter perdido o pai dos filhos para o pó. Talvez culpe o pó para não admitir: não o amou apropriadamente. Não tem como escapar: se tivesse entendido e cuidado das fragilidades, ele não teria se matado. Vinte anos depois de um beijo sabor alho numa boate escura do Plano Piloto, dezenove anos depois de segurar abobalhado e satisfeito um bebê arroxeado, o primeiro filho, onze anos depois do término do casamento.

Senta no chão do banheiro agarrada ao livro, não quer que o Beto a veja totalmente líquida, temendo escorrer pelo ralo. Se pudesse voltar no tempo. Se pudesse lamber a dor dele. Mas ele era tudo menos um filhote ofegante por afago. Um rottweiler enorme, baba escorrendo da carranca. *Ah querida, se você soubesse grandes coisas sobre pôr um jeito na cabeça das pessoas não estava aqui arruinada*: o livro parece feito para ela, que até sorri. Fica mais espessa. Gelifica-se. Se pudesse envolver os filhos, mas são jovens, quase adultos.

Clareia, enfim.

Tomem própolis, meninos. Escolhe algum exercício físico, qualquer um, fortalece o psíquico. Por que não quer fazer terapia, é ignorância isso, você é ignorante? A mãe, um robô repetitivo, as pálpebras pela metade, um robô com cílios e voz fraca. O filho coloca o misto-quente na chapa com muita manteiga, eu ando pensando, mãe: do jeito que estava, foi melhor assim, não tinha mais como meu pai viver sofrendo daquele jeito. Ele veste uma calça listrada em tons de bege do pai, uma calça que nenhum outro jovem vestiria, e a camiseta de *O poderoso chefão*. Vai tocar piano.

O dueto de "Você", do Tim Maia, a filha com a voz afinada do pai. Uma covinha se forma na bochecha esquerda dela quando os olhos sorriem. Ela canta sorrindo *vou morrer de saudades, não, não vá embora*. A mãe chega de mansinho quase sem respirar, qualquer movimento brusco pode bagunçar a harmonia. Quer beijar a covinha. Um beijo naquela covinha valeria uma vida inteira. Como ele não viveu para isso?

Com um cigarro entre os dedos, o filho fala: quando meu pai me levava pros jogos de futebol nas cidades-satélites, a gente sempre parava pra ele tomar uma cerveja e eu comer alguma coisa, ele queria me mostrar outras realidades além do Plano Piloto. Mãe e filho caminham pelas plantações na montanha, aplainadas como os degraus de uma escada. Estão na Isla del Sol, no lago Titicaca, na Bolívia, considerada sagrada pelos incas. Talvez seja a aura mágica, talvez a vastidão, mas as partículas do pai parecem soltas no ar rarefeito. A mãe se pergunta se ele ainda pode fazer algo contra ela. Tem um ano o suicídio dele.

Acho que muito do que sou devo a meu pai, o filho soa como um ancião de vinte anos. A mãe anda atrás, o caminho é estreito. Eu sei, filho, a relação com você foi bonita por muito tempo. Com você não, né, mãe? Ele para, se vira e olha para ela. Comigo não, filho. Ela sente uma pequena avalanche dentro dela: uma pedra escapuliu da boca. O filho abraça a mãe. Ela não precisa conter a enxurrada. Estão só os dois no meio de uma plantação, no meio de uma ilha. Embora seja lago, o Titicaca parece mar.

II. CONFRONTO

Fiquei me perguntando se essa não era a
trajetória de muitas mulheres. Começar pela terceira
pessoa e, depois, passar para a primeira. Uma primeira
pessoa que, mesmo quando tem a voz da autora, não se
confunde com ela, pois é já outra coisa, literatura.

Tatiana Salem Levy, *Melhor não contar*

Quanto mais leio histórias de mulheres, mais
sentido vejo em escrevermos de forma pessoal. Aquilo
que vivemos na intimidade, achando que só acontece
com a gente, e por culpa nossa, acontece desde há muitos
milênios com, se não todas, quase todas nós.

Tatiana Salem Levy, *Melhor não contar*

O ESPELHO

Se pudesse se livrar de cada dobrinha, cada pedaço desta carne nojenta, a pele: tudo sobra nesta pança, neste corpo cilíndrico; vomita, se esvazia, e depois ele todo infla de novo. Se pudesse cortava fora era com faca, um cortezinho, e outro, sangue sujo e bonito, se pudesse sair junto a gordura amarela, intestino grosso, esta merda toda apodrecida e ressecada, melhor um rolo de cozinha, amassar a barriga, parece mesmo um pão, deitar no chão, abrir a massa igual pizza, afinar. Agora a bunda, de bruços, lamber as bactérias frias, quem sabe uma dor de barriga, quem sabe um enjoo, uma virose daquelas que secam, e não precisasse enfiar o dedo na garganta, odeia enfiar o dedo na goela, queria as entranhas jorrando descontroladas, que saíssem os pedaços de biscoito Oreo engolidos quase inteiros, que sobrasse um estômago chapado, um vazio, um nada que expandisse e ocupasse tudo, até o último fio de cabelo. Uma paz, onde houvesse só o escuro e o oco, onde não pudesse ver este espelho mostrando o que existe: um corpo grande demais para seus treze anos, que mais parecem dezessete.

Pelos pretos, por que tão pretos se o cabelo castanho claro reluz no sol, melhor raspar tudo, gilete Venus linha feminina, tudo lisinho, treze com carinha de onze, abre um sorriso de boca fechada, agora sim parece menor, veste a calcinha infantil de algodão com melancias cor cereja, tamanho 10 mas ainda serve, pega na gaveta de cima a camisola roxa de fada Sininho que quase virou camiseta. Hoje não tem lingerie vermelha transparente do armário da mãe enfiada nos bolsos da calça jeans para encontrar o Ravi, hoje não tem o Ravi e suas mãos afobadas que se multiplicam em dez. Ruivo magricelo, dezessete com carinha de treze, por que tão magrelo, joelhos ossudos, faz ela parecer maior ainda, quer encolher e caber no abraço dele, quer encolher e caber no abraço de alguém, mas esta mãe pequena de braços finos, esse pai corpulento que nunca está. Quer encolher e caber, quem sabe, num casulo, um abrigo sem espelho, mas, mesmo de persianas fechadas, vê a sombra de uma polpa de bunda sobrando da calcinha tamanho 10, ela toda sobra, agitada e quente, e o chão mais geladinho e cheio de bactérias é perto da privada, no banheiro.

FILHA

Você sabe quantas vezes já pensei em jogar este carro no poste?, o pai dirigia o Celta prata pela via reta e comprida ladeada de cambuís, sem esperar resposta. Mariana, no banco do passageiro, conferiu com a mão esquerda se o cinto de segurança estava mesmo apertado, sem desviar os olhos vítreos e astutos, fixos nos tons amarelados das flores: estavam mesmo lindas. As bolas de gude pretas que saltavam do rosto redondo lhe conferiam um ar de esperteza precoce desde bebê. Ela, sempre demais para a idade: alta, gostosa, pândega, impertinente.

Era o primeiro dia do ano. Até então, feliz; a ladainha depressiva de sempre do pai sobre o escárnio do governo com a área cultural não iria estragar tudo. Com as duas melhores amigas, Mariana tinha fumado um cigarro eletrônico descartável de trezentas inaladas mais um baseado, e bebido os últimos goles do gim escondido no armário na noite anterior, quando quase secaram a garrafa antes da festa de réveillon. No carro do pai, se tocou que a mãe tinha se esquecido de lhe dar o antidepressivo.

Mariana prefere amigas com histórias trágicas. Sua mais nova melhor amiga, Helena, já foi entorpecida e abusada por um jovem político na capital, mas deu a volta por cima e tem quarenta mil seguidores no TikTok por rebolar seu corpo de pera quase madura com cara de sonsa, passando de um lado para o outro os cabelos longos chapados. Patrocinada, ganha até cigarros eletrônicos gratuitos. Sua mais antiga melhor amiga, Cecília, levou um tapa do padrasto ao chegar em casa acompanhada, rindo alto no meio da madrugada, e debochar da cara dele, que nem pai dela era. Mariana curte amigas que sabem provocar os homens.

Ela mesma gosta especialmente de desafiar o pai, alcoólatra reconhecido, desempregado ininterrupto e misógino reincidente. Dinheiro pra comprar bebida e cigarro você tem, mas não paga a escola, diz Mariana, sustentando o nariz arrebitado como o dele, enquanto ele faz cara de cachorro de rua pedindo afago. Você sempre insulta as mulheres falando dos seus corpos, continua, e ele rebate num berro acusando a lavagem cerebral feminazi feita pela mãe da Mariana. Aliás, acrescenta, toda a família materna estraga a cabeça da Mariana com a mania de magreza.

A mãe acorda todos os dias antes das sete horas, alimenta com açúcar mascavo um líquido avinagrado e vivo chamado kefir, atolado de bactérias que se remexem alvoroçadas com o doce, coa e toma os exatos 250 mL do copo de requeijão para o bom funcionamento do intestino. Antes do café com dois ovos e pão de fermentação natural, faz em dias alternados yoga e aulas de aeróbica no YouTube e treina para a competição anual de prancha da família. Orgulha-se de ser a campeã do verão passado, com quatro minutos e meio estáveis na posição de bruços sustentada sobre os antebraços.

Tem a barriga com os gominhos definidos e aparentes como dos desenhos do sistema muscular nos livros de biologia, uma barriga que não é bem assim de mãe. Mas a época em que Mariana murchava permanentemente a sua, almejando um tanquinho, passou. O foco agora está na bunda dura e redonda, conquistada com as aulas de dança quatro vezes por semana. Sempre que passa na frente do espelho do closet da mãe, dá uma agachadinha e uma reboladinha funkeira. Sozinha em casa, aumenta o som e veste as lingeries de transar que a mãe guarda no fundo da segunda gaveta.

A mãe acha que a solução para a fixação na magreza foi a dose certa do antidepressivo, mas Mariana tem certeza de que o remédio foi mesmo o baseado. Antes de sair com o pai para lanchar, ela tinha comido miojo, milk shake de creme e uma sobremesa de uvas e leite condensado fervido até virar doce de leite marronzinho. Ela se orgulha de comprar a própria comida com o cartão de crédito da mãe e preparar tudo sozinha, aos quinze anos, na cozinha de fogão de cinco bocas, air fryer e lava-louças prateada.

Foi a sorte, o lanche não era lanche. O pai a levou de surpresa para a casa de um amigo, longe, depois da ponte nova. Mariana achou que ele iria comprar cocaína, como fez na viagem para Fortaleza. Perderam-se no subúrbio enquanto ele fingia procurar o escritório de um colega para entregar uma encomenda. Mas desta vez não, a surpresa era um cachorrinho para a família adotar, a nova família. Mariana não gosta de lambida de bicho, mas por um instante, enquanto o cãozinho arfava e encostava o focinho em sua perna pedindo carinho, ela sentiu uma esperança morna e brilhante de que, na virada do ano, algo poderia mudar.

No dia seguinte, ainda de férias, acordou decidida a estudar para a primeira etapa do vestibular seriado. Leu uma apostila de história e fez anotações no caderno. Preparou guacamole para a família toda no almoço, fez faxina no quarto e aula de axé com a mãe – era divertido filmar a mãe dançando e postar *stories* no seu Instagram secreto, o que a família não conhecia. À noite celebraram com sushi os seis meses sem Mariana provocar vômito. Depois que a mãe dormiu, fumou um baseado com o irmão mais velho no quarto e fizeram baixinho um dueto de uma música do Seu Jorge – o irmão no violão, ela na voz. Definitivamente faria aulas de canto.

Na terapia não tinha nada para falar. Garantiu à psicóloga que precisava de umas férias das sessões e que logo conversaria com a psiquiatra para diminuir o remédio. Remarcaram para dali a quinze dias. Continuou os estudos, passando para a apostila de química. Começou a ler um livro de uma autora chamada Harper Lee, que achava que era homem, mas a mãe disse que era mulher, e só fumou unzinho de novo com o irmão para dormir, quando confirmaram que a mãe já estava embalada nas suas oito horas de sono.

Animada dançando funk logo de manhã, experimentou três saias, dois shorts, quatro blusas e os sutiãs novos da mãe, deixando tudo em cima da cama. Se ofereceu para fazer a compra de frutas e saiu com um vestidinho e tênis bobos, displicente e irresistível. Passou separado no caixa, em dinheiro, duas latas de gim tônica pré-pronto. Quando voltou, a faxineira já tinha dobrado e guardado todas as roupas mesmo sem ela pedir. Agradeceu com um eu te amo, Jô. Para Joana, que trabalhava na casa desde que Mariana tinha um ano, contava detalhes dos caras que pegava, sem filtro, e até perguntava se levar um tapinha na bunda era gostoso.

Bebeu com Helena as latas de gim tônica no banheiro, fingindo um banho demorado. O banheiro era o único lugar em que tinha privacidade na casa, seu quarto não tinha chave desde que era bebê, e sua mãe não resolvia isso nunca. O irmão, sim, privilegiado, tinha tranca na porta da suíte.

Escondeu a lingerie de renda preta da mãe na bolsa e usou de top sem nada por cima na festa. Trocou de roupa no banheiro químico da entrada, onde mais tarde transou com um hétero top musculoso de dezoito anos, depois de beber mais um gim tônica, comprado com o dinheiro que a avó deu no natal. Ele acreditou fácil nos supostos dezessete anos dela, o cabelo dourado solto, uma atitude de garota vivida. Ele a seguiu no Instagram na mesma noite e por todo o ano seguinte curtiria suas postagens, mas nunca mais se falariam.

Meio altinha, Mariana brigou com o irmão, que a expulsou do quarto, onde estava com os amigos. Não aguentava mais Mariana junto em todos os rolês, e Mariana queria tanto estar com o irmão, não tinha nada de que gostava mais do que os dois juntos. Contou a grosseria para a mãe, que entendeu e protegeu o queridinho, como sempre. Para completar, a mãe achou as duas latas de gim tônica no lixo e veio com o lenga-lenga de sempre de vício ser uma coisa genética, dos benefícios do exercício físico para a saúde mental.

A mãe é uma encanada de uma certinha enjoada. Mariana não suporta quando ela faz aquela cara de neurótica maluca com uma boca apertada. O pai pelo menos põe música boa, canta e sabe dançar. Mariana gritou sai do meu quarto, e a mãe berrou de volta me respeita, a casa é minha. E depois voltou com ar dramalhão, com uns papos óbvios do tipo eu não sou só sua mãe, eu sou uma pessoa, e quanto mais a mãe fazia dramalhão mais ela tinha vontade de ser má.

E aí a mãe disse cuidado para não virar uma ingrata e escrota igual a seu pai, e não tinha nada que Mariana odiava mais do que ser comparada ao pai, e todo mundo da família sempre fazia isso, a mãe, o irmão, Joana, falavam do gênio ruim dela, parecido com o do pai, e ela não aguentava mais ser ela mesma, e não aguentava como sua voz sempre saía num tom mais alto do que ela queria, como a do pai, e achavam que ela estava gritando, mas ela só estava tentando falar e sentia que todo mundo é que estava gritando com ela. Se ao menos tivesse puxado do pai os pés gordinhos, macios e pequenos, mas tinha aqueles pés magros, compridos e ásperos da mãe e morria de vergonha de calçar 39.

Lembrou do ex-namorado e da sua família perfeita. O pai, homeopata, e a mãe, psicóloga, nunca tinham gritado um com o outro e nem com Ravi, ele mesmo contou. Adorava almoçar com eles, até jogar jogos de tabuleiro, mas o grude e os ciúmes do Ravi a enjoavam. Que obsessivo, não respondia as mensagens por horas, de propósito. Quando terminaram o namoro de seis meses, esqueceu-o em três dias, mas ele, sete meses depois, continuava a ver todos os seus *stories*, seguir as amigas dela nas redes sociais e ligar na madrugada, bêbado. Mariana ria sarcástica, com as amigas, do comportamento do ex. Não tinha pena dos machos. Mas agora estava com um pouco de saudades dele.

E se na sua sala na escola nova também só tivesse burguesinhos de famílias certinhas e perfeitas, com quem iria passar o recreio? Sabia que iam querer ser amiga dela, popular com os meninos e uma puta dançarina. Mas e se ela não gostasse de ninguém? Pelo menos ia ter assunto na próxima sessão de terapia.

Chorou a tarde inteira, que merda de vida tinha. Nada parecia ter jeito, alguma coisa horrível estava prestes a acontecer, seu pai morreria ou se mataria em breve, e ela voltaria a enfiar o dedo na goela pra vomitar depois de comer a despensa inteira. Reviu três capítulos da série preferida, enquanto entrava freneticamente no Twitter para ver as reações a seu último post. Fazia do Twitter uma espécie de diário pessoal. A conta, aberta para todo mundo, menos para a mãe, bloqueada.

Futucou a primeira gaveta do closet, onde a mãe guardava os remédios, e foi tomando um, depois outro, depois mais outro, e outro, cada um dos dez antidepressivos que restavam na cartela. Uma pausa entre eles para sentir os efeitos. Mas nada, só aquela coisa oca que não tinha nome. Foi para seu refúgio no banheiro, pegou a gilete e fez um filetinho bem fino no pulso, veio um ardidinho suave, um prazerzinho arrepiante, a agonia de dentro vindo para a superfície da pele. Continuou com vários cortezinhos, que sangraram pouco e viraram uma série de risquinhos até meio bonitos.

Aí foi batendo um sono. Fez escondido um café na máquina de espresso (a mãe não gostava que ela tomasse café) para tolerar ficar de olhos abertos. Não adiantou, melhor ligar para a mãe, volta pra casa que preciso conversar. Colocou uma blusa de mangas compridas, contou só que engoliu a cartela de remédios, não dos cortes, e já se arrependeu de tudo no caminho do hospital, quando a voz da mãe saiu baixinho: eu deveria ter escondido os remédios. Mas, mãe, não era vontade de me machucar, era vontade de não sentir dor.

Liga pro meu pai só depois que estiver tudo resolvido, por favor. Quando estava com o soro na veia, o pai apareceu na gôndola do atendimento de emergência com cara de criança perdida, disse que ficariam mais unidos, poderia buscá-la na dança alguns dias, quem sabe comer um cachorro-quente juntos. Mariana não queria esquecer de guardar um pouco do dinheiro do natal para o sanduíche dos dois, caso ele não tivesse. Com o resto do dinheiro, compraria chocolates 70% de cacau para a mãe naquela loja chique e artesanal.

Depois que recebeu alta, Mariana e a mãe tiveram que aguardar o pai mais um pouco no hospital. Ele não saía nunca do banheiro e dava para ouvir as fungadas lá de fora.

FILHO

Agora pode parecer engraçado o apelido: grávida de Taubaté. Minha mãe que deu. Mas na época não foi nem um pouco engraçado. Pesquisei na internet e apareceu a foto de uma mulher com uma barriga surreal, supostamente de quadrigêmeos. Em 2012 ela bolou a gravidez pra arrecadar dinheiro e presentes, um país inteiro trollado. Já a Dora inventou tudo pra me manter ligado nela, se é que a gravidez dela foi mesmo *fake news*. Nosso namoro tinha acabado três meses antes.

Eu botava fé: a gravidez da Dora nos nossos dezesseis anos era mais uma dessas histórias de família que ficam se repetindo de um jeito às vezes mágico, às vezes meio sinistro, e aquele mistério fica passando de mão em mão igual jogo do balão cheio d'água em festa, a gente não sabe na mão de quem vai estourar. Tipo: meu avô materno já tentou suicídio, minha mãe casa com meu pai, e ele vive ameaçando se matar. Tudo ao acaso, sem ninguém pensar em nada. Eu mesmo só soube disso tudo depois. Mas me vi na mesma com a Dora antes do teste positivo de farmácia. A mensagem dela: minha vida tá uma bosta, sem você pior ainda, vou me matar. Foi na noite de natal, e minha mãe ligou logo pro pai da Dora. Ele falou pra gente ficar despreocupado, ficaria de olho nela, pediu desculpas, exagero de adolescente.

Minha mãe garantiu que quem ameaça se matar não concretiza, olha aí seu pai vivinho. Acendi um cigarro, a primeira vez do lado dela, foi mal aí, mãe, não tá fácil, isso que dá namorar gente do mesmo prédio, o cloro da piscina do condomínio deixando meus olhos ardidos. Na cadeira de plástico branca, ela pediu um trago antes de voltarmos pra ceia no salão de festas. Putz, que estresse, ela levou a mão à testa, fechou os olhos num riso nervoso, e me ofereceu um copo de chope. A nossa família reunida, preocupada com a temperatura da chopeira alugada. Tomei logo quatro, os primos goianos não estranharam e até festejaram: dezesseis é até tarde, meu primeiro porre foi aos treze. O meu também, respondi, e todo mundo riu junto.

Depois que dormiram acendi outro cigarro na varanda. Não dá pra dormir no ar abafado de Goiânia sem ventilador. Colchão na sala, música eletrônica numa boate uns dois quarteirões adiante. Baixei CoD pra celular, acendi mais um cigarro. CoD: *Call of Duty*. O *duty* é matar uma galera. Comprar armas e equipamentos, entrar no avião, desviar da névoa, abrir o paraquedas, mover o personagem com o polegar esquerdo, mirar com o direito, fogo nos nazistas. Dormi quando amanheceu, e acordei com os gritos dos primos mais novos jogando FIFA no PlayStation, embarquei, bater uma bolinha pra relaxar, escolhi ser Fernandinho no Manchester City. Saí pra dar um rolê antes do almoço de natal, feriadão, mas encontrei tabaco solto na padaria da rua de baixo. Separar as folhinhas cor madeira de forma homogênea sobre a seda, fazer a piteira com um papel mais grosso, segurar a seda com os polegares e dedos médios, enrolar com suavidade, bater de leve uma extremidade na mesa, o barulho do isqueiro. A curtição é o processo.

Quando a Dora tocou a campainha com o teste *Clear Blue* com dois tracinhos azuis no visor, meio de janeiro, eu já fumava pelo menos uns três todo dia. Minha avó engravidou da minha mãe aos vinte, minha mãe de mim aos vinte e dois, o balão de água estourado nas minhas mãos. Caramba, como vamos fazer pra tirar, minha reação imediata. Quem quer filho aos dezesseis? A Dora, eu sabia que não, sempre falou que tiraria. Eu, muito menos. Vamos pedir ajuda pra minha mãe. Não, não, ela se desesperou. Sua mãe vai contar pra minha, que vai me obrigar a ter. Minha mãe nunca contaria, garanti. A magreza extrema da Dora, as sardas, os olhos grandes e abertos como os de um peixe, sempre meio molhados: mas eu não sei o que eu quero, disse. Vamos falar com minha mãe, ela vai ajudar, me arrepiei desde o cóccix até o pescoço e a abracei.

Calma, acho que conheço alguém, minha mãe logo disse. Vamos resolver isso. Mas minha mãe vai me matar, a Dora chorava. Vamos conversar com ela, vou junto, minha mãe propôs, abrindo um pote de sorvete napolitano. Não, não, por favor, não vamos contar, Dora insistiu. Não sei se assim vai ter jeito, acho que vai ter que contar sim, vamos perguntar se precisa – minha mãe serviu a Dora sem o sabor chocolate, como ela gosta: só morango e baunilha falsa (no napolitano, não é creme de verdade, mas branco sabor de nada com açúcar). Tá, obrigada, tia. Dora, o importante é você ter certeza do que quer.

Fomos a um laboratório, mas a Dora não pode fazer o exame de sangue, só com autorização do responsável. Compramos outro de farmácia pra confirmar. Deixamos a Dora na casa dela no Cruzeiro, ela fez o segundo teste e mandou a foto dos dois tracinhos azuis. Fudeu. Pensa: ser pai aos dezesseis. Ia estudar de noite e trabalhar de dia. Mãe, me dá uma força com a creche? Cala a boca, Caio, vamos resolver isso, já mandei uns e-mails. Quem se comunica por e-mail, véi?

Encontrei no Google uma pocilga no submundo, uma dessas salas escondidas no setor de autarquias que fazia ultrassom sem o responsável. Consegui marcar pra dois dias depois. Mas não deu meio dia, nem meio dia a mais, a Dora ligou: não vai adiantar, mesmo se eu tirar, minha vida vai continuar uma bosta, você não entende, a única saída é acabar com tudo de uma vez. Não dava pra entender a lógica.

Mãe. Mããããe. Corre aqui.

Minha mãe ligou pra mãe da Dora, eu do lado pra garantir que não ia falar merda. Mas foi escorrendo da boca dela, meu dedo levantando um não: corre lá pra ver se a Dora está bem, mas preciso conversar ao vivo com você, tem coisa séria acontecendo. A bruaca desligou na cara da minha mãe, a Dora sempre disse que a mãe era louca. Desculpa, filho, vou ter que contar por mensagem: Dora está grávida. A resposta da mãe: é mentira, minha filha não está bem, mantenha seu filho longe dela.

Sabe *plot twist* de desenho animado? O Pateta com aquela cara de por esta eu não esperava? Eu e minha mãe derretendo no chão da cozinha. Abri um saco de Doritos, o aromatizante laranja empesteando tudo. Quem tá louco nesta? Sinceramente, eu acreditava mais na Dora do que na bruaca. A vez que a Dora dormiu lá em casa, e a mãe tocou o interfone às três da madrugada, esse maconheiro desgraçado, o som saía quase petrificado de tão alto do fone grudado na orelha da Dora. Pegou a mochila pra vazar: claro que eu avisei minha mãe, mas eu te disse, ela é doida. A bruaca vivia atazanando a filha, dando escândalo por nada, será que não percebia que ela não comia?

Na madrugada, não nessa aí, na do *plot twist*, matei uns quinhentos zumbis nazistas na Segunda Guerra Mundial. Explosão gélida, bomba de napalm, degeneração cerebral, metralhadora, fuzil. Além da arma, escolher o poder de fogo, a cadência, a precisão, a camuflagem. A *sniper* com balas incendiárias: apenas um tiro na cabeça a longa distância, letal. Genial o modo zumbi do CoD, uns cenários irados, equipes de limpeza de toda a escrotidão do mundo. O Artur também fica acordado nas altas horas, mas é lerdo pra caralho. À sua esquerda, um morto-vivo, Artur, porra. É uma galera conhecida nos esquadrões das duas da manhã, mas não rola de trocar uma ideia, como no Minecraft.

Os bons tempos do Minecraft online com a Maria Clara, um lance construtor, com tempo de conversa. Cortar árvores para conseguir madeira bruta, fazer tábuas, estações de trabalho, tochas pra iluminar cavernas, encontrar ferro, produzir ferramentas mais fortes pra enfrentar os monstros. E você gosta de ouvir o quê? Mandar uma música pra Maria Clara, escalar montanhas, achar pedras pra fazer picareta, pá, fornalha. É tipo sobreviver na vida real, você constrói sua casa, sua cidade, sua vida. Matar um porco, se alimentar, abater um carneiro, tirar a lã, costurar um cobertor. E você já beijou? Fazer um baú pra guardar o lixo, canoa pra atravessar o rio. Os bons tempos em que meu pai era a primeira pessoa pra quem eu contava: beijei a Maria Clara.

Mas você não tomava pílula, Dora? A gente acabou, e eu parei, deve ter sido no dia do reencontro na festa da Júlia. No CoD *Cold War*, dá pra degolar até com espada de samurai, e o sangue esguicha mais real que o real. Este *flashback* nunca deveria ter acontecido. A camisinha sabor uva distribuída de brinde em frente à farmácia, na gaveta embaixo da cama. Pode virar balão de encher de água no recreio. Desses que a gente joga de mão em mão, e não sabe na mão de quem vai estourar.

A Dora apareceu no dia seguinte ao *plot twist* e pela mensagem de voz parecia tranquila: tinha feito exame no laboratório com a mãe, resultado negativo. Estava tudo bem, aleluia, ela devia ser aquele 0,01% de engano do teste de farmácia. Rarará, minha mãe riu, claro que antes ela estava inventando, grávida de Taubaté. Mas coitada, Caio, vamos entender: ela deve estar mal, fazer uma coisa dessas, ela tá fazendo terapia? Mal. Pau no cu, mal pra caralho tô eu agora. Paia demais. Minha mãe fez uma figurinha da grávida de Taubaté, e toda vez que eu tocava no assunto por zap, mandava pra reforçar que estava sendo enganado. Brisada, totalmente brisada, quando os pais crescem? Como ela tinha coragem de brincar com uma coisa dessas, véi?

Mais três dias, Dora manda mensagem do celular de uma amiga: minha mãe me obrigou a mentir pra vocês e depois apagar seu número, porque sua mãe é abortista, estou grávida sim. Minha mãe: pede pra ver o exame do laboratório. A Dora: não tenho a senha da minha mãe pra entrar no site. Minha mãe manda mensagem pra dela, que responde: minha filha está mentindo, ela não está grávida, por favor peça para seu filho bloquear o contato e não fale mais comigo ou te processo, sei o que você ia fazer com a minha filha.

Bom, Caio, a Dora não tá grávida, bloqueie tudo, ela, a mãe, as amigas, vamos confiar na adulta da parada, minha mãe tentava falar minha língua de um jeito tosco, dava pra ver que estava gelada. Mas diz aí: como se esquece um lance desses? E o primeiro teste de farmácia que ela trouxe ao vivo, quem explica? Catou no lixo? Fiquei boladaço. Eu não confiava naquela coroa.

Você não tem que confiar é na sua mãe, meu pai disse, quando saiu da deprezona e finalmente contei pra ele. Pô, por que não me disse antes? Eu não queria te perturbar, pai, você estava aí malzão. Como tua mãe pensa em levar uma menor pra abortar? Irresponsável, criminosa. Na boa, tua mãe é quem pirou. Devia ter contado pra ele desde o início mesmo. Depois do beijo na Maria Clara, ele me levou numa loja no ParkShopping pra comprar o cordão de prata de dia dos namorados, os dois curtindo Rappin' Hood, combinamos aquela viagem de carro juntos, só os dois, pro Espírito Santo. Mostraria pra ele os rappers novos. Meu pai tinha um bom ponto: minha mãe alimentou a doideira da Dora desde o início, não sacou a falcatrua. Achou que a bicha era a boazinha, minha mãe sempre diz: os machos são uns canalhas.

Filho da puta, senti uns socos na minha nuca no meio da zoeira do bar da 703 norte, me abandonou grávida sozinha. O segurança veio, a Dora pediu pra ele me expulsar, e ele foi gente boa: acho melhor você sair, cara, pra não dar confusão. Os *brothers* ficaram. Fui andando até minha casa, no fim da Asa Norte. Na W3, uns gatos pingados dormindo nos pontos de ônibus, o transporte público de noite aquela joça, putas com barriga sobrando da miniblusa, cheiro de mijo, meu canivete escondido na meia esquerda, a lua só um filete, uma vontade de vomitar as duas cervejas e os vinte e cinco cigarros. Foi na W3 que uns babacas queimaram um índio na década de noventa. O bom do CoD é que você escolhe o tipo de gente certa pra matar.

Cheguei em casa e minha mãe estranhou: tão cedo? Contei, e ela filosofou: será que a Dora está com gravidez psicológica? Tadinha dessa menina. Que cheiro de cigarro é este? Você continua fumando, Caio? É sério, é sério mesmo que é com isso que você tá bolada? Bati a porta forte, dono dos meus pulmões. Tadinha, agora era tadinha, e o apelido sacana? Artur me mandou um print de tela: na volta da balada, a Dora numa selfie no Instagram estufando uma microbarriga, de calça jeans e sutiã. Cara, a Dora não estava bem mesmo. Vontade de abraçar ela por trás com as duas mãos na barriga. Mas nunca mais vou sair de casa.

E não pude sair mesmo. Pandemia, *lockdown*. Ninguém

mais topou a Dora. Ninguém mais topou ninguém. Jogo a noite inteira, conversas no ritmo da batalha, decisões cruciais: arremessar ou não o suspeito do telhado, executar ou não o agente inimigo, perguntar ou não pela Dora, fumar tabaco enrolado ou cigarro industrializado, dormir na aula de artes ou na de biologia. Preso em casa com minha mãe, sem poder escolher: pro meu pai não podia ir, falta de espaço, de grana, a hipertensão da minha madrasta.

A Dora finalmente mandou o teste Beta-HCG do celular de outra amiga. Dora Barbosa de Oliveira. Material biológico: soro. Método: quimioluminescência. Resultado: positivo. Encaminhei pra minha mãe. Demorou algumas horas, e respondeu com um teste positivo igual, mas com o nome dela mesma. E a figurinha da grávida de Taubaté.

O bebê da Dora nunca nasceu. Coitada, abortou com sete meses, disseram. Ou, sei lá, meu filhão taí no mundo, doado pra algum casal. Se pá, ser pai não seria tão ruim assim.

ESPOSA

“Ei, Fabiana.”

Você gritou meu nome pela janela e me mandou um dedo, o do meio. O mínimo era eu ter mandado o dedo de volta. Mas estava com as mãos ocupadas, um filho em cada uma delas. Poderia ter sido uma cena da sua campanha de denúncia da violência contra as mulheres que visitam as cadeias. Exagero, talvez um dos meus contos sobre agressividade dissimulada.

Mas era só uma manhã de segunda-feira lá em casa. Continuei andando de cabeça baixa até o carro, fingindo que não era comigo. Queria evitar os olhares dos vizinhos, ser a moradora discreta vestida em tons *nude*. Mas você era barulhento e espalhafatoso. O publicitário de chapéu panamá e colete de bolas.

Muda no caminho pra escola, fones no ouvido sem som no trabalho, eu regurgitava um dedo. Poderia ter simplesmente ido embora, mas meu corpo ainda não sabia que podia, preso numa gosma familiar sedutora. Ou poderia ter achado engraçado. É um pouco cômico seu marido te mandar tomar no cu pela janela, vai. Você mesmo claramente achava hilário.

“Foi mal, é que você não levou as crianças pra se despedirem de mim antes de irem pra escola” – riu, no jantar. E logo emendou com uma reclamação sobre o preço do filé no açougue da rua e me mostrou um disco novo da Elza Soares. Inventou uma brincadeira chamada barraquinha do amor: as cadeiras espalhadas pela sala, lençóis sobrepostos. “Vamos fazer cosquinha na mamãe, ela tá emburrada", um ataque conjunto dos três. Me perguntei se era de fato melodramática, falta de problema.

Memória seletiva pro pior, e não é de hoje, diagnostiquei ao te ouvir cantando pros dois dormirem, porta entreaberta, luz amarela do corredor acesa. Eu colocava um vestido marinho de mangas compridas e costas peladas e me decidia entre botas curtas ou longas; o samba da Elza Soares recomeçando na sala. Prendi só um lado dos cabelos curtos e lisos com um grampo, a parte raspada acima da orelha direita visível.

Você tirou Joana, a babá, pra dançar, e senti um orgulho de quem você era. Seu olhar pra minha composição moderna-sexy era de satisfação, e me ofereceu o braço direito num triângulo na escada na noite anual de premiação de publicidade da cidade. Vestia um blazer xadrez, camiseta do *Kill Bill* e tênis All Star.

Desci com a mão em seu antebraço encarando cada homem, o sorriso de lábios alaranjados amplo. No coquetel, me posicionei mais perto da saída da cozinha, de onde vinham bandejas de espumante cheias. Esvaziavam-se antes de os garçons chegarem ao meio do salão. Uns dez metros longe, te vi conversando com a roteirista da nossa treta antiga. "Acho que você é minha alma gêmea" – era a mensagem pra ela esquecida aberta no computador. Você me garantiu que se referia à sintonia nas peças publicitárias, mas uma brecha ao mesmo tempo de desconfiança e de permissão se abriu.

Reparou que eu te observava, e pediu licença pra roteirista. Veio em minha direção, escapei sorrateira. Nos cantos escuros do salão, eu esquecia uma mão na cintura, pedia um trago de um cigarro, gargalhava num escárnio. E também achava engraçada minha vingança. Na volta te comi sentada sobre seu corpo deitado na *chaise longue*, a esteira de metal da cadeira como um espelho do seu esqueleto. "Nosso sexo é único", te disse. Você, seco, mentiu: "Não é nada demais."

Cedo, o berro: "Porra, Joana, que caralho, já disse que lugar de ovo é no porta-ovo." Apontava o recipiente da geladeira vazio, a caixa de isopor cheia nas mãos. "Psss, fala baixo", saí do quarto pedindo calma com as palmas das mãos erguidas na altura do peito. Mais do que não ouvir, queria que não escutassem os gritos. Depois que deixei a casa por quatro dias e aceitei voltar, não era bem comigo que você gritava. Era com a alface murcha, com a prateleira preguenta, com a toalha engruvinhada, a lancheira das crianças guardada suja. Joana concordava comigo: você era explosivo, mas no fundo uma boa pessoa.

Quando pus o indicador na sua cara, "você não vai gritar, e não só comigo, mas com ninguém aqui", você tocou o centro do meu peito com dois dedos apenas, deu um empurrãozinho de leve, caí na cama. O colchão era tão macio que não dava nem pra chamar aquilo de agressão. Eu é que parecia a louça da minha avó, aquela xicrinha de borda fina de cores pastéis, dá pra quebrar com os dedos. Eu te odiava, mas não era a única coisa que sentia. Minha raiva sobrevivia só até que a sua se transformasse em olhos miseráveis e úmidos: "Me descontrolo e vocês não merecem, mas sobra amor". Você, um garotinho; eu, a cuidadora ancestral.

O garotinho gastou todo o dinheiro da poupança da mamãe sem pedir. "O escritório tinha dívidas, devolvo logo". Sem constrangimento aparente, como se eu te devesse aquele dinheiro. "Arranja um emprego, não quero ouvir mais de projetinhos", eu rolava as duas pupilas pra cima numa expiração longa. Afinal, tínhamos a mesma profissão. Mas eu me submetia a dez horas diárias em um escritório fechado, carpete e luz branca, anúncios monótonos, mais chefes que operários. A você era dado o direito à criatividade e à realização em campanhas escolhidas a dedo, edificantes.

"Não falta nada pra gente, sua mesquinha, você e sua família turca de merda". Eu era de fato mesquinha? Quem eu era, além desses projetos de contos que nunca se completavam, do sonho repetitivo de uma onça presa, e eu livre ao lado da onça, me deixando ser mastigada? Me fez prometer que não contaria pra minha família nada sobre a grana, resolveríamos entre nós. Ninguém tinha mesmo nada a ver com aquilo, concordei.

É tudo secreto – e impublicável. Feito sucuri, eu seguia sem culpa me enroscando em outros homens até que quem tivesse os ossos quebrados fosse você, que se sentia um rato estraçalhado sem saber de onde vinha. E queria uma ratinha esmagada te fazendo companhia no canto da sala.

"Fabiana, você acha que qualquer voz alta é berro, me poupe, fresquinha. É sua voz que não sai, Fabiana". Um sorriso de canto de boca sarcástico, no meio de uma discussão sobre nossa filha – a que, você alertava, não aceitava autoridade, a que se metia em nossas brigas, se sentia à vontade pra interromper um adulto, "empoderada pelo próprio umbigo, com quem será que aprendeu?".

"Berro, berro é isto aqui ó: uáaaaaaa". Eu não sabia que um corpo podia tremer uma noite inteira se não estivesse frio. Mas nem todo mundo estremece tão fácil. Eu poderia ter só berrado de volta. Vim mesmo de uma família comedida, todos educados demais, espaços privativos respeitados, uma casa enorme cheia de objetos frágeis dispostos pelos cômodos silenciosos, cada qual com um tapete felpudo.

Agora eu implorava por um cobertor. Era como se um cubo de gelo gigante tivesse se derretido e se espalhado pelo corpo. Não, não, melhor um ventilador, suor descendo nos pelos da nuca. Pedia sal e açúcar ao mesmo tempo, ar, qualquer coisa que me ajudasse a retomar a pulsação normal. Você me abraçava e me tirava do estado de alerta. Tomava o lugar do meu pai oferecendo água morna com mel pra acalmar meus pesadelos da infância. De paternal a paternalista, um pulo. Logo você me queria lá de novo: a eleitora vulnerável que votaria sempre em você.

E se eu me mexesse com suavidade, falasse pouco, incomodasse pouco, tudo ficaria no lugar? Se me centrasse nos contos futucando a violência alheia, poderia ter uma vidinha familiar pacata? "A mamãe dorme muito, tá sempre cansada", a caçula pulando do lado da cama. Você carregou os dois pra praça e voltaram com flores do campo colhidas em conjunto, entregues junto com uma aliança de brilhante, comprada talvez com o meu dinheiro. Preferi não futucar. Preparou o almoço ensinando pro mais velho os primeiros truques de um macarrão *al dente.*

O almoço de aniversário do meu avô, macarronada. Você fez as brusquetas de entrada, cantando junto com Chuck Berry. As crianças numa corrida que juntava velotrol, carrinho de rolimã e bicicletas de rodinhas. A garagem comprida sem cobertura e sem carros, uma pista perfeita num dia de sol frio. Almoço pronto: meninos, venham. Mas minha irmã chamou a caçula pelo apelido de que você não gostava.

"Sua turca, filha de uma puta, deixa nossa família em paz, vai operar esse nariz e transar. Ou morra logo de um câncer". Era tão rápido e repentino que parecia uma campanha publicitária. Mas quando terminava e a programação normal continuava, eu me via dentro do carro voltando pra casa com o personagem do anúncio educativo: "Denuncie".

Garanti pra minha irmã que não era preciso, você iria se tratar, e não, não, você não faria nada comigo. Mas, não somos nós, família contida, que não estamos acostumados com barraco de gente que não deixa ressentimento virar um bololô na garganta? Eu imaginava os comedores de macarrão genuínos, os italianos com suas mãos em copinho, *ma che,* se abraçando depois de uma discussão exaltada.

Fomos ao médico, o mesmo que já tratava do meu estado de alerta transformado em condição psiquiátrica, e eu: "Meu marido só pode ser bipolar". O psiquiatra entrou só com você na consulta e: "Vocês devem ver um terapeuta de casal". Protestei: "Você sabe que ele também tem um distúrbio". A sentença: "Só há duas formas de se relacionar: a competição e a colaboração, onde vocês querem estar?".

Eu queria você tão desamparado quanto eu: te larguei, esperando que voltasse com uma cartela de comprimidos mágicos dentro da sacola plástica da drogaria. Medicados, nos suportaríamos. Você nunca me perdoou, uma cuidadora não larga seu dever ancestral. A mãe do presidiário sempre volta pra assistir o filho, mesmo sendo apalpada na entrada e na saída. A personagem da sua campanha institucional, real.

Deixou tudo pra trás, e implorei que levasse ao menos a *chaise longue*. Não. Voltaria pra buscar apenas objetos pessoais no fim de semana. Encontrei as paredes vazias e um bilhete. "Se a minha violência é o palavreado duro de quem ladra, a sua é mordida feroz e traiçoeira. Você acha mesmo que não sei o que você fez nas boates na gringa? Espero que não transmita a nossos filhos toda a sua imoralidade".

Eu não tinha quadros antes de você. Era só uma menina de vinte e poucos anos que tinha acabado de comprar o primeiro fogão. Achava que agora seria muitas facetas de uma mulher que não ouviria mais gritos. Mas eu era o protótipo de uma escritora falsa cheia de eletrodomésticos e paredes nuas. Inventei a liberdade de mentir: minto descaradamente no texto pra me sentir menos idiota.

Encontrei o psiquiatra por acaso num barzinho de esquerda. Eu de shorts e havaianas, ele com várias cervejas litrão enfileiradas na mesa de metal. Me convidou pra sentar. Cruzei as pernas e encostei a ponta do meu dedão do pé na panturrilha dele. Se alguém disser que transei, confirmo. Vivi esta história só pra poder contá-la, gosto do papel sujo de carne.

Joana picotou o músculo, cozinhou no fogo baixo por uma hora e meia antes de acrescentar a abóbora, mexendo com uma colher de plástico bem devagar. Anotei na lista de compras pregada na geladeira: colher de pau, caderninho com pauta. Quem sabe consiga um conto inteiro sobre a sopa de músculo no tempo lento do cozimento. Quando a violência não se impuser mais sobre a minha escrita.

"Ainda bem que você se separou", Joana salpicou cebolinha no caldo. "Quando descia do metrô pra vir pro trabalho, meu coração já disparava. Mas eu não queria te deixar sozinha com ele". Acrescentou o queijo minas ralado grosso: "Além do quê, ele me dava escondido umas gorjetas boas".

PASTA DE DENTE: MODO DE USAR

"Não aperta no meio da pasta, porra, não aguento mais essa merda". A voz trovejada logo cedo. "Desculpa". Minhas pálpebras ainda fechadas, sonadas. Eu pedia muita desculpa quando a embalagem das pastas de dentes era mais metálica do que plástica. Levantava num susto, mas espremia de novo no meio, bem no meio, o coração do tubo. Corria uma corrente eletrizante e sádica pela minha pele, o creme jorrando abundante da ponta, desperdiçado no ralo. A hortelã espumava esquecida na boca, cerdas da escova dilaceradas, mastigava absorta, me perdia no espelho, engolia um tico, cuspia a acidez que restava. O que sobrava da gosma branco neve na pia eu deixava se misturar ao porcelanato, meus vestígios evidentes. O Afonso imprimia sua ordem austera no tubo: dobrava a extremidade, passava o cabo da escova de dentes por cima, pra que não sobrasse nenhum resquício do creme; outra vez, o cabo da escova desamarrotando igual roupa, até que todo o conteúdo se acumulasse na parte de cima, camuflando a tripla ação, inchando o Colgate. "Vem aqui ver como se faz". Lavava as mãos passando o sabonete verde abacate dedo por dedo, unha por unha, meus olhos fixos incrédulos, enxaguava, retirava o resto de pasta da abertura antes de enroscar a tampa. Molhava de novo o dedo esbranquiçado, secava na toalha certa, a sua, que ficava do lado esquerdo da pia, a minha do outro lado, embolada e úmida. "Não é pra sobrar creme pelos lados, entende? A pasta vira essa massa craquelenta em volta da tampa, eu tenho que limpar sua meleca. Você entendeu agora?". A voz dele retumbava mesmo no escárnio didático. A minha, um bufo, um sopro quente mudo que saía pelas narinas, querendo encurtar a miudeza do tubo. "Tá nervosinha, tá? Mimadinha", ele passava a mão pelo meu queixo como tirando uma baba, a mão pequena como a minha, uma risada *rá rá rá* com todos os rás, num timbre que não combinava com aqueles dedos encolhidos. Eu teria mordido com toda a força do canino o polegar rente a meu lábio inferior, escarrado sangue. Arrancaria a tampa do tubo, esmagaria a parte cheia com um murro, o creme vazaria numa poça abundante no mármore. O polegar sem tampão, friccionaria na menta, formando um composto rosado, o cheiro de ferro com frescor ardido, estamparia como carimbo na toalha – a dele. Desenrolaria cada dobra da embalagem, uma por uma, até que de novo um tubo disforme, um volume maior na parte de baixo, meio arte moderna feita com reciclável, tripla ação visível inteira. Repousaria a pasta listrada nas pontas das cerdas, numa onda perfeita de extremidade ligeiramente arrebitada. Os tufos azuis da escova – os que indicam a hora da aposentadoria – intactos. Os dentes, escovaria atenta, movimentos circulares um por um, partes internas e externas, perto da gengiva com mais vigor pra evitar o tártaro, até a língua, raspar o gosto de sangue. O fio dental, passaria com vontade, lustrando cada lado do dente inteiro até entrar um pouco pela raiz. Checaria o sorriso no espelho, propaganda de Colgate.

"Puta que o pariu, a tampa, não acredito que você conseguiu sumir a tampa", um estrondo. "Desculpa". Minhas pálpebras ainda sonadas. Quando não existia a pasta com fecho acoplado ao corpo por uma espécie de dobradiça plástica minúscula. Quando as embalagens das pastas de dente eram mais metálicas do que plásticas. Hoje, 75% plástico, 25% alumínio – o tubo se molda distraído aos meus dedos e desperdiça menos conteúdo, mesmo se apertado no âmago. Uma embalagem que parece poesia concreta amarrotada – *clinicamente comprovada para o alívio da sensibilidade* – descansa na bancada. Depois da separação, mudei a marca para a que promete alívio rápido. Nunca o tubo de tampa larga, redonda e achatada, o que se sustenta sozinho com a cabeça pra baixo, uma antipatia gratuita. O algoritmo me oferece uma geringonça chinesa multifuncional chamada *oneup*, espremedor de pasta e suporte ao mesmo tempo, é só girar uma minimanivela e pronto, o creme sai harmônico do tubo. *O que poderíamos ter sido, hein, Afonso.*

No terceiro encontro, espiei o armário do banheiro do Beto e vi, reinando soberana em prateleiras perfeitamente organizadas, tudo alinhadinho, a pasta que fica em pé sozinha, toda em vermelho e dourado berrantes demais para os objetos pálidos ao redor; rainha de copas no baralho. O corpo afilado, elegante, desamassado, inflado só do peito pra cima, conteúdo acumulado mais perto da cabeça chata. *Luminous White*, 75% plástico, 25% alumínio, o desamarrotar acontece mais suave, sem manobras radicais no metal, dobraduras desnecessárias. Com o apertão na parte gorda, esguichou creme de sobra na escova magrela de tamanho infantil, herança de viagem de avião, que ele me entregou em silêncio quando acordou. Sem o saco plástico em volta que garante ser nova. Agradeci a preocupação com meu hálito, passei ligeira pelos dentes, quase deixando quietos meus micróbios, longe da possível bactéria alheia, sugando o líquido e espalhando com a língua pra ficar sabor eucalipto. Fechei a espelheira, meu sorriso um pouco encardido, olhos escorridos, perto de se avermelharem com o aroma de pinho do desinfetante. A toalha no porta-toalhas toda esticadinha, como num varal com prendedores alongando as extremidades. Passei uma água apressada na palma das mãos, sem esfregar nenhum dedo, nenhuma unha, joguei um pouco na cara, nada de sabão de corpo que resseca o rosto. Enxuguei o rosto, deixando pra trás uma mancha preta misturada a resquícios do protetor cor da pele. Virei a toalha umedecida do avesso, uma corrente sádica e eletrizante sob minha pele, e já ia saindo, mas voltei. Estiquei a toalha bem lisinha, os pregadores invisíveis segurando as pontas.

Quando o Beto passou a frequentar minha casa, dei pra ele uma escova nova, tamanho regular, de uso cotidiano. Ele usa só quando esquece a dele, vai e volta com a própria escova, numa espécie de afirmação de liberdade. De vez em quando pego minha pasta pra alívio rápido silenciosamente desamassada, as digitais do Beto na bancada. Passei a andar com uma escova de dentes dobrável na bolsa, pros dias em que adormeço na casa dele, e nunca pergunto da que ele me emprestou, a pequena. Tolero a pasta *Luminous White* de tampa larga, a que se sustenta sozinha de cabeça pra baixo e garante dentes luminosos em vez do mero alívio na sensibilidade das raízes expostas.

"Posso ser sincera?", minha mãe perguntou, a pergunta já uma sinceridade em si. "Seus dentes estão meio amarelados, passa um bicarbonato". No espelho de aumento à minha esquerda, um sorriso encavalado de nicotina, café e vinho. Dividíamos a pia do meu banheiro. Ela, adepta do aparelho dentário pra dentes perfeitos em qualquer idade, escovava-os até nos banheiros alheios, escova no porta-escovas, *nécessaire*, tudo organizadinho nos conformes. "E não aguento essas suas pastas engruvinhadas", saiu da sua boca como a pasta jorrando aos montes do tubo. Pegou o pente da *nécessaire*, desses que vêm com escova de brinde nos voos internacionais, e desamassou o tubo num método particularmente eficaz. O pente de base reta, deve ter a base reta, fazendo do tubo um filetinho fino, finíssimo, chapado, que de repente se abria num corpo volumoso, pronto pra cuspir creme sem precisar de um apertão vigoroso. "Toma", esticou o pente, "aproveita e passa na parte de trás do cabelo, perto do cocuruto", ela continuava espumando sinceridades, "aí onde sempre parece um ninho de galhos soltos". Depois de fazer xixi, trocou o lado da extremidade solta do rolo de papel higiênico. "Se desenrola por baixo, arrasta mais rápido no chão."

Na casa do Beto, o papel higiênico desenrolado a partir da parte superior. Na casa de todos, o rolo desenrolado a partir da parte superior. Passei a colocar propriamente o meu. Ocupada, carimbando toalhas brancas com polegares de sangue, devo ter perdido a aula de como dispor os objetos em banheiros. Adotei o bicarbonato junto com a nicotina, o café e o vinho.

O Beto separa uma escova tamanho regular, diretamente da embalagem pra ser toda minha, confortavelmente repousada ao lado da dele, junto à rainha de copas na espelheira. Aperto o coração do tubo vermelho e dourado *Luminous White*. Eu, sempre na espera por um amor esparramado na bancada, explodindo num *cataploft* inteiro, espremo até o fim. Os tubos de pasta de dente ainda demoram quatrocentos anos pra se decompor nos aterros sanitários.

URUBUA

Você me urubuzou. Quando te conheci eu era uma puta promessa, tirava dez mil contos nos meses bons, na época em que dez mil dilmas valia alguma coisa. E tu, que que tu era? Uma fedelha recém-saída do cueiro, uma professorazinha de merda, sem querer menosprezar os grandes mestres. Mas tu? Tu tinha acabado de formar, emendou o mestrado pra virar acadêmica porque te faltava sonho. Só no Brasil que professor é primeiro emprego. A pessoa nem viveu ainda e se mete a ensinar o quê, pra quem. Logo você, que mal tinha lavado um banheiro. Papai tinha cedido o apêzinho, tava se achando adulta e eu caí nessa balela. Sem saber que era uma mimadinha do caralho. Não confio em gente que não come moela e rabada.

Mas tu engravidou antes que eu te conhecesse. Papo de ovário policístico. O mundo tá cheio de filho de cisto. Mas o nosso nasceu um cistinho lindo, isso é verdade. Tu é bonita se não fosse a falta de bunda e essa pele escrota, cheia de furúnculo. Agora tô bem servido de traseiro. Um tapa estalado naquele bundão duro, e meu pau já sobe. Rochelle, até o nome é redondo e gostoso. Mulher que apoia seu homem, parceira nos projetos, tá pouco se fudendo se vendi a Pajero, sabe que a cena musical tá uma bosta, entende o momento, não tem sua cabecinha pequeno-burguesa. Careta. Freud usava cocaína e foi o maior gênio do início do século vinte. Mas que que tu sabe de Freud? Reprimida no sexo, aprendeu a gemer comigo, melhor que torrar grana em terapia.

Só te fiz bem, disso tenho certeza. De professorazinha de faculdade particular de merda à acadêmica na universidade pública, o salário melhorou, né, princesinha? E à custa de quem? Quem ficou com o bebê pra tu enfiar a cara nos livros? Meu maior prazer, não tô cobrando não. Fiquei com meu filhão porque era do caralho. Ao contrário de você, que preferia curtir fossa, perdeu aula de natação, zoológico. E aliás quem, quem cuidou de você na depressão pós-parto? E na hora que foi pra tu compensar, porque a coisa pegou – e não foi só pra mim não, foi pra todo músico sério –, tu compensou?

Não fui de vez pra São Paulo por conta de tu, pra cuidar do garoto, tinha medo de deixar você sozinha com ele, esse seu baixo-astral. Uma semana que eu viajava e já vinha choramingo: "Ai, ai, tá muito difícil ser uma adulta". É só em São Paulo que a coisa rola, se você não é a porra de um pagodeiro. E cadê meu agradecimento, acadêmica? Só não digo que foi na academia que aprendeu a vampirizar os outros, porque já chegou lá estragada e mesquinha. A gente empresta dinheiro é na confiança, se eu tiver que explicar pra minha mulher pra que preciso de uma grana, tô fora. Deixei tudo pra tu por conta do Caio, ele podia estranhar a casa mexida. Mas devia era ter pedido pensão, urubua agourenta.

Esse busão calorento ia fazer bem pra você, que não sabe nem se entra pela porta da frente ou de trás. Suar suas toxinas antes de virarem essas pústulas nojentas. Mas tu não levantava pras senhoras gordas sentarem nem a pau. Não conhece gentileza. Não aguenta as sacolas pesadas na coxa magricela. Mas se fosse pra fazer charme pra conseguir lugar, tu fazia, ô se fazia, peitão de silicone pulando do top. Meiga. Mei galinha, a gente dizia na rua. *Opa, faço questão que a senhora sente, a gente coloca essa sacola grande aqui do lado.* Aprende, urubua. Devia ter te levado pra um passeio de ônibus, a última aulinha de vida antes de você fuder com tudo.

Dizer pra minha mãe que sou viciado, a audácia da pilombeta. Tratamento de cu é rola. Pra minha, não tem mais bunda seca, só abundância. Aguentar filme dinamarquês com você só na base do docinho mesmo. Com Rochelle, passo o tempo que for de cara. Mas ela não cobra, sabe que não precisa, imagina se a gente não puder nem se divertir neste país de bosta. Não desfoca do cerne igual tu, tomara que depois também não vire uma bruaca megera. Meu problema se chama trabalho, se chama grana pra cultura. Tratamento quem precisa é tu, cair de boca no antidepressivo. Minha mãe sacou tudo, sempre te achou invejosa. Mas não entende que fode o próprio filho votando no calhorda que detonou os editais, tá ficando gagá.

A coroa já tá com as pernas moles, a pele fina. Se estrebuchou no chão com o esbarrão besta, veio mostrar o roxo. Chorei, cara. Não era minha intenção mesmo. Eu só queria que ela entendesse que não era pra se meter na criação do meu garoto, me exaltei. Não é porque não tá rolando trampo que virei um inútil. Minha mãe me perdoou, mas a urubua chegou na hora errada e tá pronta pra comer meu fígado. Querer tirar meu filho, coisa de gente ruim. Tu te dedica, é bom pai, aí de repente um deslize, vira o vilão. Eu nunca triscaria um dedo no meu filho.

Fudi minha carreira pra ficar com ele e a troco de quê, deveria ter ido pra São Paulo. E tu, que tava sempre indisposta, virou a mãe do ano, paladina do lar. Nem fruta sabia escolher direito. Eu comprava toda quinta de um japonês na 308 Norte. Lichia, tangerina, pinha. Saía com a caixa de papelão cheia. Tempo de fartura, o Brasil da esperança. Tu, toda satisfeita com o maridão servil, feministo. Cozinhava, trocava fralda, serviço completo, suas amigas babando. A *lady*, no seu tempo de reflexão sobre o destino da humanidade.

Nem tocar bateria mais em casa eu tocava, pra não importunar a professorinha. Porque pro filhão ia ser diversão garantida. Com dois anos já pegava na baqueta melhor que muito marmanjo. Ele ainda nas fraldas, e a gente curtia juntos o estúdio no Lago Sul, antes da coisa degringolar. Assistia às gravações sentadinho no canto, sabia que a vez dele ia chegar.

Eu oferecia o pacote: meu trabalho de batera, o melhor estúdio da cidade pra gravar e editar. Antes do Underground só rolava estúdio espelunca em Brasília, salinha apertada em beco. Eu quis trazer o rock da cidade pra outro patamar, uma casa inteira dedicada à música. Investimento pesado, mas retorno certo. Se não fosse a avalanche: gravação caseira, hits de internet, crise dos álbuns, governo ignorante, fundo de amparo à cultura miando. Aí tu vem me dizer que meu problema é vício? Tenha a santa paciência.

Eu não sei bem quando você deixou de acreditar em mim.

Putz, perdi a merda da minha parada, esta gorda escrota tapando a visão toda, só tem obesa neste busão hoje.

Com licença, senhora.

ÓCULOS

Não acredito que aquele cara aqui da sala de espera se matou, ele se matou. Uma pessoa que se mata vai à consulta do oftalmologista. Faz sentido, ele quer enxergar as letrinhas pequenas do celular nas últimas semanas de vida, preparar uma carta de despedida. Acho que uma pessoa que se mata quase começa a ficar contente quando tá perto de concretizar o plano, porque ela tá quase livre disso tudo aqui. Não tem mais a grande angústia da morte, sabe exatamente quando vai morrer. Marca um jantar com um amigo, parece especialmente feliz, posta uma selfie no Instagram, este é *brother*. E na mesma noite se mata. Ele gargalhou aqui na sala de espera, quem gargalha numa sala de espera. Falta muito pra minha vez, Marta? Tem mais uma consulta, depois seu retorno. Peguei o Instagram dele pra saber do filme, um filme que ele tinha feito. Achei maneiro, me contou aqui na sala de espera, um cara que conversa na sala de espera sabe, isso acabou, um cara que puxa papo com uma mulher igual eu, olha pra mim – mostrei com os dedos meu corpitcho em forma de barril – não é pra xavecar, isso não é comum em macho não. Eu desliguei o telefone com a minha namorada: oito horas no ParkShopping, *Infiltrado*, beijo. E ele: este filme é uma merda, não diga que não avisei, ho ho ho, uma risada de papai noel. Vai ver *Marte Um*, fica a dica, tem que ver filme brasileiro, minha irmã. Era cineasta, tinha sido cineasta, sei lá, estava desempregado, eu também, uns bicos, eu também, a posse do Lula, cara, minha última filmagem, maior emoção, e papo vai, papo vem, esses médicos de plano marcam paciente a cada dez minutos sabendo que não vai dar, um curta antigo dele ia passar no festival, vai lá ver, minha irmã, é grátis, entra aí no Instagram do filme. Do Instagram do filme, fui pro pessoal, um cara massa, um cara que se emociona com a posse do Lula, um cara empolgado, sabe, um cara assim se mata. Se uma pessoa assim se mata, um cara que filma a posse do Lula, tem filme em festival, imagina eu e você, Marta. Ela levanta e pega um café da cafeteira no copinho plástico, com a mesma cara de indiferença, o café está meio frio viu. Marta, olha aí no prontuário dele, por favor, ele tinha miopia ou vista cansada?

LAGARTA DE FOGO

Ele deitado no caixão, pude sentir ternura de novo. Peguei na mão fria tentando discrição. Fechei os olhos por três segundos, um momento a sós com ele. Que passasse despercebido, não queria que o corpo descesse à terra sem um carinho meu. A capela entupida e apertada. Larguei a mão rápido por decoro. Já não era sua mulher fazia onze anos.

Abri espaço para quem o luto era de direito. Pus a mão sobre a fitinha do Senhor do Bonfim lilás, colocada no meu pulso esquerdo dois meses antes. Outras fitinhas já tinham se arrebentado sem que o pai deles se curasse. Eu nem lembrava de pedir o que mais desejava.

Muitas flores cobriam o corpo até o pescoço, especialmente o pescoço. Branco e redondo, cabelos cacheados e escuros, o rosto sobressaía e ao mesmo tempo se misturava aos lírios e crisântemos. Sereno, como não via desde que os filhos eram nenéns. As bochechas já não rosadas, como quando eu o conheci, vinte anos antes. A vivacidade delas havia bagunçado o cinismo melancólico dos meus vinte e dois anos.

Uma lagarta de fogo no meu estômago querendo subir pela garganta e alcançar a boca. Assistia de longe ao desespero da minha filha, rodeada pelas amigas. Não importa quantas vezes havia se sentido preterida, as horas à espera na frente da escola de portas fechadas, os minutos infinitos ouvindo longas fungadas dele no banheiro do hospital, quando ficou internada. Melhor um pai vivo, em qualquer estado, do que morto. Aos dezesseis anos, acabava a esperança: a dela havia sobrevivido até então.

Eu agarraria o caixão, subiria no corpo, balançaria com força e imploraria para ele começar de novo. Se estivéssemos apenas os dois naquele salão, no dia mais quente do ano. Tudo de novo, apenas uma chance. Às vezes, ao fechar os olhos, ainda sonho com aquele momento que deslocaria uma vida inteira para um lugar diferente, o efeito borboleta.

Passei o papel toalha para enxugar o suor da nuca no banheiro. No espelho, meus olhos derretendo pelos cantos do rosto, a pele das pálpebras se descolando sobre os cílios. Me perdoa, por favor, se ajudei a te minar, a precisar do pozinho mágico do superpoder; a sociedade do sucesso não tolera a fraqueza masculina. Voltaria atrás em qualquer sentimento mesquinho, voltaria ao momento: não acredito em mais nenhum projeto seu. Acreditaria em tudo. Em tudo não impregnado pela urgência branca e megalomaníaca que te tomou.

O papel toalha, mesmo umedecido, áspero demais para limpar o rímel escorrido para as olheiras. Encaro o espelho, não, não sei se tenho algo a ver com isso: uma, duas, três ex-mulheres. Três histórias repetidas, três caretas preteridas ao pozinho mágico. Ele nunca deu o primeiro passo – o reconhecimento. A grande droga, a empáfia. Dei descarga, abri a porta, espiei os lados e não enxerguei seus companheiros de carreira. Difícil mesmo enterrar um amigo.

Ele não teria ido ao próprio velório. O violão lamurioso das canções católicas era tudo menos uma homenagem. Não era de reza nem de lamento. Era de festa, euforia, ressentimento e fúria. Meu filho descola uma caixinha de som, se apodera da trilha sonora, "Ninguém gosta de se sentir só", do Tim Maia. Não chora.

Já eu me derramo sozinha em casa, mesma música. Pego no armário suspenso o álbum da nossa primeira viagem juntos, Bahia, e danço agarrada a ele. De novo a gente lá, ele reluzente sob a luz vermelha de Itacaré no visor da minha Pentax K1000. Deitados na areia da praia no fim do dia, eu movia a alavanca, o obturador, e ele me dava seu olhar mais açucarado. Mas quero de volta é meu sorriso das fotos, a vida simples: escolher laranja-lima na feira do Ceasa, mesa posta com guardanapos dobrados em triângulo, Cartola na vitrola, joelhos ralados. Mas esta é uma história para adultos.

Quero de volta o antes de o meu peito de leite secar depois da primeira vez em que o vi vidrado no pozinho, é só um dia de festa. Quando soube – daquele jeito sentido que ainda não virou palavra nem pensamento – que eu nunca mais teria a mesma doçura. O antes das noites à espera de um marido que não voltava, eu fingindo acreditar que o trabalho o impedia, mas pressentindo sem entender direito: algo mais o detinha. Antes dos meus silêncios nos trajetos para a escola, fermentando angústia. Antes de eu mesma me vingar da mentira e também não voltar. Antes de o amor virar a guerra dos não ditos. Voltaria atrás. Se esse fosse o primeiro movimento da asa da borboleta iniciando o tufão. Se.

Juro que um dia fomos felizes, entreguei o álbum para meu filho: você nasceu de um grande amor. Na última vez em que se falaram, por mensagem de texto, dois meses antes, ele te disse: me arrependo de ter cuidado tanto de você, nem meu filho é. *Nem filho dele é*. Ele quis te ferir me ferindo, filho, a vagabunda. Você me diz saber disso, com sua calma aparente e desconcertante, aos dezenove anos. Eu assisto à sua dor se escondendo de você, pronta para aparecer desavisada em momentos inesperados, de formas indesejáveis, e torço para sua história ser apenas sua história, filho, e não a minha junto, não a do pai junto.

Na madrugada tive vontade de abraçar a mim mesma. Um carinho. Passei as mãos com uma suavidade firme em meus braços e não quis mais me largar. Eu poderia ser uma pessoa nova agora, sem medo. Ele inerte, uma tristeza de dar enjoo de tão triste, e um alívio repentino, azedo. Nunca mais mensagens de voz com berros guturais. Nunca mais tremer horas seguidas. Deixar de ser um destroço. Não temer pelo que mais poderia acontecer. Não cabe outra desgraça nesta casa tão cedo.

Me senti apartada dos meus filhos, envergonhada por ser tão horrível. Para eles, o trabalho de uma vida lidar com a brutalidade de uma morte não morrida. Eu não pensava na imoralidade dessa morte. Me convenci: assim como o fim do sofrimento de um câncer em metástase, terminal, é a morte, o suicídio seria o desfecho quase previsível para uma pessoa em colapso. Se conviver havia se tornado dramático, ser ele mesmo devia ser insuportável.

Ele não pode machucar mais nossos filhos. (Um contrassenso, já que estão feridos de morte.) Agradeço pelo ato de sanidade súbito: deixar sua terceira ex-mulher, alvo principal, roxa, mas intacta. Se algo mais acontecesse a ela, não me perdoaria. A violência é uma escalada, a gente sabe. Segunda ex, eu não soube pôr fim à violência, e ela foi se esparramando. Uma pessoa doente a gente denuncia? Ou só aguenta? A polícia investiga berros e xingamentos? Ou só socos e facadas? E chutes sem lesões, investiga?

Eu não soube parar a violência, e chegou à minha mãe: morra, velha escrota, matou o marido de ataque cardíaco. Assim, de repente, as ofensas chegavam, por um motivo banal qualquer, como uma disputa pelos dias de férias dos filhos. Eu não soube estancar, e chegou à minha filha. Trancá-la para fora de casa depois de passarem a noite juntos no sofá vendo filme, macarrão com molho de gorgonzola. Tinha muito tempo que não tinha o pai só para ela. Até que o médico virou monstro. Por um motivo qualquer. Ela saiu fugida. Os pontapés no carro.

Eu sei, filha, você não quer mais se lembrar desse dia, quer se esbaldar em gorgonzola ao som de Tim Maia. Mas não sei o que fazer com estes sentimentos desconexos e controversos, esta pele esfolada num asfalto de pedrinhas soltas, esta raiva. Do tipo que me faria avançar e unhar bochechas pálidas, quase cinza. Lagarta de fogo queimando as amídalas.

Meus filhos voltavam com objetos da casa do pai. Com sorte, seria alugada em breve, mas eu não imaginava quem toparia morar na casa, mesmo com a telha consertada. Só se os vizinhos silenciassem. Uma caixa de som gigantesca, quadros e mais quadros, livros e mais livros, um computador exagerado demais para quem não pagava mais escola. Um porta-dentes em formato de dente grande, cheio de dentinhos dentro. Eles acham engraçado e um pouco grotesco termos guardados os dentes arrancados, mas não consigo jogar fora.

O pai tinha sido a fada do dente, o papai noel, o coelhinho da páscoa. Poderia ter sido menos. Um menos contínuo. Eles escolhem reter este pai em porta-retratos espalhados pelas estantes: o construtor e filmador das cidades dos dinossauros e dragões, o alimentador de pombos e patos em praças e parques, o barítono das canções de dormir. O pai cristalizado nos vídeos comoventes de crianças, cuidadosamente editados, organizados em pastas com o nome de cada filho.

Odiava ter se tornado quem se tornou porque já tinha sido abundância: de cuidado, barulho, risadas. Por favor, não vivam rápido demais como seu pai. Degustem devagarinho a intensidade herdada. Em que momento a pulsão de vida vira de morte? E se eu tivesse ouvido a profecia do meu pai na separação *ele vai piorar* e tivesse ficado? Um abraço mais forte numa hora crucial? (Esmago no peito o travesseiro.) E se: enfermeiros chegando de branco com algemas e internação compulsória? A gente obriga alguém a querer viver?

Fazedora de coisas, sinto um mal-estar inconfesso por não ter reconhecido nas estantes meu papel invisível. Uma mãe nunca foi lembrada pelas frutas na gaveta da geladeira, o trajeto de carro para os treinos de vôlei na cidade vizinha, os livros didáticos etiquetados (ainda bem que nunca perdi tempo com as rugas do plástico filme), a chuteira para o futebol, as mensalidades do inglês, o esforço de consertar tudo o que foi quebrado. Uma vontade de gritar, infantil: eu sou uma pessoa. Embora nunca apareça nas fotos.

Minha filha me diz: como mulher, queria estar só ao seu lado, mas não posso – a dor é de filha. Toma banho com a música "I don't know what to do with myself" nas alturas. Tim Maia sempre no som. Meu filho aperta o parar, não suporta: "Over again". Trilha do dia da briga do filho com o pai, uma sucessão de empurrões, *para de falar assim da minha mãe*. Nossos segredos pouco a pouco aparecem. O dia em que o pai descreveu como faria tudo, em detalhes, há três anos. Foi a primeira vez que o filho viveu a morte do pai, sozinho. Uma depressão muda: games, insônia e cigarros. Sem dizer nada, ele deixa o álbum da Bahia em cima da escrivaninha do meu quarto.

Eu gosto, filho, quando deitamos para ver um filme, faço um cafuné e quase imediatamente você dorme. É quando sei que ainda consigo confortar algo dentro de você. Nossa vida tem andado parecida com um filme hollywoodiano um pouco ruim, desses em que acontecem coisas demais.

Ele me jogou num espiral de destruição e nunca mais pude sentir tédio, imaginar ficções. Talvez esta seja minha única história, a ser reescrita de muitas maneiras. Transformar em dom para não ser devorada. Só me interessava destrinchar este homem, como se pudesse destrinchar a mim mesma. Escrever seria minha vingança simbólica? Em que lugar meu ressentimento encontrou o dele?

De olhos fechados te imagino uma luz difusa no cosmos e rezo não por você, mas para você: o mínimo que você me deve agora é proteger a gente. Como você pôde? O que a gente faz por quem a gente ama é sobreviver.

Perto do caixão, consolei pessoas estupefatas, uma mão pesada no ombro de um colega de colégio, de um companheiro antigo de trabalho. Não sabiam: a tragédia já estava em curso, algo dentro dele morto, aos cinquenta e dois anos. A filha de cinco anos um dia cantou uma musiquinha para tentar acordar o pai adormecido sobre a mesa da cozinha, mas não teve jeito. Não teve almoço, não teve escola. À noite, a mãe, a terceira ex-mulher, tocou a campainha da casa do ex-marido para buscar a filha, e quem abriu foi a pequena. A mãe mais tarde foi acusada de tentar privar da guarda da filha um pai já um pouco morto.

No e-mail programado para três dias depois, ele culpa a terceira ex-mulher e fala da minha influência sórdida, testemunha do processo judicial para guarda assistida. Juntas, sonsas, mal-agradecidas, traiçoeiras. O líquido verde da lagarta de fogo vai da boca aos olhos e escorre. Viscoso. Umedeço a violência dentro de mim com uma respiração lenta: não deixar petrificar. Expiro pelas costelas o cheiro de formol. Morro para não matar, deixou também escrito.

III. PRELÚDIO

Se sigo, não é por você, é por mim. Porque todo mundo um dia tenta atar, não as duas pontas da vida, mas bem mais do que duas.

Elvira Vigna, *Por escrito*

Tínhamos, dentro de nós, um limite e um aviso: a boa educação. Uma placa: controle-se. Uma lição de sobrevivência: mantenha-se sorrindo e em linha reta.

Elvira Vigna, *Por escrito*

MERDA, EM ÁRABE

— Kol khara!

Com o grito "coma merda", o "vá à merda" brasileiro, minha avó Hanna lança o peru congelado embalado em papel pardo. O peru quica igual a uma bola dura, mais pesada que uma de basquete e menos que uma de canhão, um milagre não quebrar o chão de cerâmica da garagem. Meu pai consegue nos defender fechando a tempo o portão de ferro, um estrondo – o portão que estava só encostado quando ousou entrar. Ele dá dois passos, vê o objeto voar e bater no chão, os dedos ainda tocam o portão, um passo grande e rápido pra trás, consegue puxá-lo de volta, nós ainda do lado de fora, ele nos protege com o outro braço. Minha mãe me traz pra perto de si e quase cochicha: "Sua avó não gosta de criança". Meu pai rebate bravo, mesmo no susto: "Claro que ela ama vocês". Entra na casa aparentemente sem medo, cata o peru e o leva nos braços, aguardamos do lado de fora, ele abraça meu avô Khalid, dá dois beijos nas bochechas, depois minha avó, ela o beija em todos os cantos do rosto, conversam alto, ela chora, começa a falar mais baixo, nossa entrada é autorizada. Estou louca pra fazer xixi, viemos de Brasília de carro.

Minha avó busca dentro de casa uma caixa grande embrulhada com papel vermelho cheio de ursinhos, vem até mim e anuncia: "O primeiro presente". Pega a minha cabeça pelos lados com as duas mãos fedendo a cigarro e dá um beijo meloso na testa. É 23 de dezembro, não esperava ganhar nada até meia-noite do dia seguinte, sento no chão da garagem, meu impulso é rasgar o embrulho. Mas desprego com cuidado todos os durex, minha avó gosta de guardar dobrados os papéis de presente e reaproveitá-los no natal seguinte. Dou de cara com um boneco do tamanho de uma criança de um ano, de macacão jeans e blusa de manga comprida listrada, cabelos espetados de lã marrom, mãos peludas, nariz de porco e bochechas enormes caídas, como um cachorro São Bernardo. Na parte de cima da caixa amarela, o nome: Fofão. Tenho nove anos e quero de natal uma Barbie loira. Até gostaria de cantar como a Turma do Balão Mágico, mas nada me aterroriza mais do que o integrante supostamente alienígena do mesmo grupo, o bochechudo meio homem, meio bicho. *Khara!* Na merda em árabe, o K é mudo, o HA se fala como um R muito arranhado, tipo em rrrrato, o RA final igual em loi-ra. Mas eu mesma não falo o palavrão, só penso e digo "obrigada, vó", tentando segurar as lágrimas até o banheiro. Enxugo os olhos com papel higiênico, finalmente faço xixi, lavo as mãos e o rosto com o sabonete marrom Phebo, o que vem numa embalagem amarela escrita "odor de rosas". Pra mim, ele tem cheiro de velha, o mesmo cheiro da minha vó Hanna misturado ao cigarro. Na casa da vó Norma, vou tirar a nhaca com o sabonete branquinho de erva-doce.

Saio do banheiro, e meu pai e o vô Khalid estão sentados no sofá de couro marrom craquelado, assistem ao jogo de futebol sem cerveja ou tira-gosto. Os gritos de gol do Flamengo são ouvidos no bairro inteiro. "Cala a boca, seus *khara*", minha avó grita na janela. Ela recolhe imediatamente as embalagens de plástico transparente assim que meu irmão desembrulha as *rahat* e põe na boca a goma árabe puxenta de *misk*, envolta em açúcar refinado. Vó Hanna passa o paninho umedecido que tem na mão direita sobre a cristaleira pra não sobrar nem um grãozinho de açúcar, anda sempre com esse Perfex azul, molha o indicador esquerdo na língua e recolhe no chão uma sujeirinha que não enxergo. Embora seja gorda, a pessoa mais gorda que conheço, consegue tocar o chão com o indicador molhado. Me oferece uma *rahat,* que se fala diferente de *khara,* sílabas trocadas: RA de loi-ra e HA de rato, T mudo. Recuso, acho as *rahat* uma grande *khara,* já estou louca pra contar a mesma piadinha pra minha mãe pela centésima vez e falar "merda" do único jeito que ela deixa: em árabe. "Não come *rahat,* por isso está tão magrinha, *eanidat mithl al'umi*", vó Hanna repete a frase de sempre: teimosa igual à mãe. "Homem não gosta de osso, sua mãe tá fazendo comida árabe pra vocês?", ela pergunta. "Tá sim, vó", minto, minha mãe não sabe cozinhar nada, embora ensine as receitas da minha avó pra Cleide, cozinheira lá de casa. Mas reclama que Dona Hanna nunca "dá o pulo do gato" dos pratos, só outro dia disse: no *malfufo,* use extrato de tomate. Minha mãe está sentada sozinha no alpendre, na cadeira de balanço dupla de fio de PVC verde.

Minha avó fala em árabe com meu avô de um jeito que parece briga. Embora também só saiba palavrões e nomes de comida na língua, meu pai adivinha e garante pra vó Hanna: "Mãe, assim que o jogo acabar, vamos embora, viu". Na casa da vó Norma, a cinco quarteirões dali, descendo pela avenida Mato Grosso, tem pote de bombom Sonho de Valsa, e meu avô Celso às vezes traz do Bar do Cunhado bala de framboesa pros netos. O sofá na casa da vó Norma é de um tecido cinza claro macio e tem almofadas coloridas pros netos apoiarem a cabeça enquanto veem televisão deitados, comendo biscoito de polvilho caseiro quentinho com a bacia sobre a barriga. Vó Norma usa o papa-migalhas, uma escovinha rotativa pra limpar farelos. Este jogo do Flamengo que nunca acaba, foi até pros pênaltis.

No armário grande de mogno escuro ao lado da televisão, minha vó Hanna guarda os presentes de natal que compra ao longo do ano todo, dá sempre vários. A Barbie loira ainda poderia aparecer, mas não vai. Minha avó nunca acerta. Quero Jogo da Vida, ela dá Banco Imobiliário; no lugar do marido da Barbie, Playmobil pra brincar com meu irmão caçula. Em vez da camisola curta cor-de-rosa, pijama de flanela das cores do Flamengo, "pra ficar bonita pro papai"; a sandália de plástico que eu queria, mas dois números maior, "pra durar". Quase nada dá pra trocar, ela compra em abril, maio, junho e entrega em dezembro. Não ouso abrir o armário dos presentes, sei do segredo pela minha mãe, ela adora contar segredos da família do meu pai, talvez nossos únicos segredos compartilhados. Não ouso abrir nenhum armário na casa da vó Hanna, nem pra pegar um copo pra beber água – até a água do filtro de barro é esquisita lá, terrosa –, e muito menos a geladeira, certamente vazia. A compra de comida vai toda pra casa da minha tia, vizinha de porta, onde meus avós fazem todas as refeições, até o café da manhã. Minha avó sempre diz que o café da minha mãe é *khara,* aguado, mas nunca vi ela mesma passar um café.

Nem sempre foi assim. Quando meu avô era diretor do Rotary Club, tinha mesa comprida de jantar na sala – e não só a de quatro lugares da cozinha –, sempre farta. *Homus, babaganush, malfufo, fatuche,* arroz com lentilha com muita cebola frita, filé na manteiga de leite – especialidade da minha avó. Não sei que outro tipo de manteiga existe, mas a vó Hanna sempre diz manteiga de leite. O bife mergulhado numa calda quente cor de óleo parece mesmo feito com uma manteiga especial. Mas é só manteiga normal sem sal, vão dois tabletes inteiros. Minha mãe conta que o filé da minha tia não chega aos pés do filé da minha avó, assim como o bolo de nata. Nunca provei. Vó Hanna se recusa a fazer o bolo desde o dia em que meu avô mandou assar um pra oferecer pra prima libanesa bonitona. "Seu avô não tem limites, nem com parente. Prima, sobrinha, cunhada, canta todo mundo", minha mãe conta. "Sua avó sofre muito".Quando está sozinha com minha mãe, vó Hanna desabafa – o descaramento do homem libanês, o caso do marido com a empregada da vizinha, as visitas frequentes ao bordel –, mas no meio de todo mundo parece querer que minha mãe sofra igual a ela: aguentar, lavar, passar, cozinhar. "Esse chancliche com azeite, *khara, khara, habibinho* gosta só amassado com manteiga de leite", decreta. Todos os dias meu pai come chancliche com azeite e pão sírio no café da manhã, nunca ouvi reclamação.

Não sei bem quando minha avó parou de cozinhar, se foi aos poucos, começando com o bolo de nata, ou se um dia abandonou tudo de vez. Sei que já expulsou o marido com o filho caçula de casa – a do meio já tinha casado; o mais velho, meu pai, ido embora pra Brasília. Passou semanas sozinha no sobrado de três quartos, até que a internaram à força num manicômio em Uberlândia, tomou eletrochoque e tudo. Foi antes da minha mãe entrar na família, então não sei mais nada.

Sei que, desde que tenho memória, mesa farta, só na casa da minha tia. Minha avó não senta, come em pé com o prato na mão, serve a todos, vigia o que cada um come e principalmente o que deixa de comer. Não deixa os pratos esvaziarem. Repito o quibe grelhado e mergulhado na manteiga derretida, "traz mais quibe pra menina", mas não, vó, *harise* não, por favor, penso sem dizer nada. Olho pra minha mãe implorando ajuda, e ela passa a *harise* pro prato do meu pai. Também detesta a sopa de frango com trigo. "A *khara* e a *kharinha*", minha avó resmunga baixinho, mas dá para ouvir, mesmo com a fita cassete do Leandro e Leonardo do meu primo tocando às alturas. Ele ouve as mesmas músicas sertanejas o dia inteiro, meu primo excepcional. É assim que meus pais o chamam. Ele não vai à escola. Tem cinco anos a mais do que eu, é muito alto, mas com a cabeça pequena demais pro corpo, os olhos bem vesgos, um bem avermelhado, não vai ao banheiro sozinho. Nasceu assim porque a minha tia teve, grávida, toxoplasmose. O professor de biologia diz que pega comendo carne crua ou pelo cocô de gato. Minha tia garante que pegou do cachorro Ossinho. Na casa dela, nunca vi quibe cru.

"Cadê minha fita?", meu primo pergunta, comendo de colher *harise* no prato fundo, ouvido grudado na caixa de som. "Ela não trouxe minha fita", ele aponta pra mim. Já sei que ele não vai se esquecer disso enquanto eu estiver por perto. Vai bater o pé forte no chão, a mão na mesa, e gritar de novo "Ela não trouxe minha fita" uma, duas, cinco, dez vezes. Tenho raiva do meu pai e da minha mãe por não terem comprado uma fita do Chitãozinho e Xororó. Prometo a fita cassete, prometo qualquer coisa. Quero só encontrar logo meus primos caçulas loirinhos na casa da vó Norma, passar medo neles no filme de terror, comermos arroz, feijão e frango caipira, qualquer comida normal, deitar nos lençóis passados a ferro, com cheiro de amaciante. É raro, mas meu pai às vezes me obriga a dormir na casa da vó Hanna com fronha fedendo a naftalina, nem sei como ela deixa criança dormir lá. Mas acho que esta noite não, com o peru voador e tudo.

A sobremesa é *ataif*, pastel de queijo frito com calda de água de rosas, com cheiro e gosto de rosas mesmo, até esqueço o Sonho de Valsa. "Come muito que é bom pra engrossar as pernas, *eazizi*", minha avó serve mais um no meu prato e até me chama de queridinha.

Depois do almoço, na cadeira de balanço no alpendre, vó Hanna bebe uma caneca esmaltada de café com um comprimido Plasil pra enjoo, junto com o cigarro e o analgésico. Ela chega a tomar oito por dia, pra diferentes tipos de dor, mais Plasil depois de todas as refeições, café e cigarro o dia todo, remédio pra pressão e pra emagrecer, calmante pra rebater. Nas têmporas, uma mancha de resto de tinta escura, minha vó parece sempre deixar vestígios de coisas que deveriam estar bem escondidas. Não sei por que pinta o cabelo de tão preto, por que não escolhe um castanho claro igual à vó Norma. "É que ela tem as sobrancelhas pretas iguais às suas", minha mãe explica. "Você lembra muito ela nova". Faço careta, minha mãe garante que ela já foi muito bonita, pega foto do casamento, Vó Hanna parece outra pessoa, elegante num vestido de seda plissado e um véu todo bordado, meu avô Khalid já com cara de coroa, uns quinze anos mais velho. Minha mãe diz que minha avó queria mesmo era casar com um piloto de avião brasileiro, mas o pai e os três irmãos não deixaram. Meu avô tinha chegado há pouco do Líbano, depois de terminar a escola francesa, falava inglês também, o pai dele veio antes pro Brasil e comprou várias terras. Partidão, concordaram os irmãos, logo encheu minha avó de tecidos finos e joias.

Sentada ao lado da minha avó na cadeira dupla de balanço, imagino a cena da tragédia, a primeira de uma série que marca uma família, a história no topo de um pergaminho. Eu sempre acho que foi ali que aconteceu, no alpendre, mas na verdade não tenho a menor ideia. O irmão mais velho, Ebraim, empurra o portão, xinga em árabe e dá um tiro na barriga do irmão mais novo, Youssef, na frente da irmã do meio – minha avó. Ebraim, mulherengo, nove filhos de mulheres diferentes, nervoso, advogado, trambiqueiro, prepotente. Youssef, médico, íntegro, marido, caridoso, vários órgãos perfurados por uma bala na barriga. Meu pai diz que Youssef não concordava com o estilo de vida de Ebraim, queria que parasse com a sem vergonhice, focasse na família, discutiam sempre, o primogênito perdia a cabeça. Não me parece motivo pra um tiro. Minha mãe fala de uma mulher, prostituta, que os meus dois tios avôs disputavam. Vó Hanna passa a frequentar o cemitério de noite, pra ver se Youssef aparece pra ela. No tribunal, defende Ebraim aos gritos, não aceita o irmão ir pra cadeia. Começa, na cidade, a fama de desequilibrada.

A mancha de tinta, também na orelha esquerda e na nuca, de pertinho dá pra ver. Minha avó espalha a gosma com o pincel sem cuidado. Ela prepara a mistura num pote de plástico e parece *khara* marrom esverdeada, mas no cabelo o resultado é pretíssimo depois de duas horas. Vó Norma pinta no salão, sem bagunça esparramada, passa óleo Johnson's perto da raiz pra tinta não grudar na pele. A vida dela, também marcada por uma tragédia, a filha morta num acidente de carro aos quinze anos. Eu não saberia da existência dessa filha, irmã da minha mãe, não fosse uma única foto em preto e branco pendurada na parede do quarto do meio, ninguém nunca fala dela. O assunto gira em torno da melhor marca de cerveja, Flamengo ou Vasco, queijo minas ou provolone, o campeonato de natação dos netos. Não somos essa gente que não sabe controlar os nervos.

Quando a vó Hanna morre, pouco depois do natal do ano seguinte, aos cinquenta e oito anos, pressão 23 por 13, acidente vascular cerebral, até tento chorar no velório, não do jeito horroroso da minha tia, um urro exagerado, mas lágrimas discretas escorrendo do silêncio. Não sinto nada. Penso no pintinho de brinde na feira agropecuária do ParkShopping devorado pelo saruê, no menino de olho azul que não quis dançar comigo na festa de música lenta, no menino de apelido Alcaparra que tentou me beijar, na boneca Xuxa de botas brancas, tamanho de uma criança de dois anos desconjuntada, que ganhei no natal em vez da mochila emborrachada. Embrulhada no papel de ursinhos. Nada, nem uma única lágrima.

Algumas décadas depois, quando minha vida foi marcada por uma tragédia, que foi se esparramando, do jeito que as tragédias sempre fazem, esparramam igual a um líquido oleoso, me vi metade dona Norma, metade a intensidade sanguínea dessa gente.

ABRAÇO

Quando minha mãe ligou dizendo seu pai está tendo um ataque cardíaco, corre, suspeitei: ele morreria. Minha mãe nunca grita. Retornei o carro pra dentro da garagem num misto de estupor e serenidade metódica, liguei pra babá descer e pegar meus dois filhos uniformizados. Não vai ter escola, vai ter desenho animado, iogurte, chocolate, brinquedo jogado no tapete, não precisam juntar as peças de nada, podem riscar os móveis laqueados brancos de giz de cera, deixem que o apartamento todo seja um playground caótico, feito de fantasias, saturado de agoras. No trajeto de sete quilômetros até a casa dos meus pais, não me perdi nos devaneios que me fazem errar o percurso. Eu era o vento gélido de junho no rosto, o sol seco nos braços, a motorista atenta ao movimento repentino dos outros. Tinha uma meta: um abraço.

A porta escancarada, o carro do serviço de emergência estacionado, a escada que dava acesso direto ao escritório do meu pai com seu chão de cerâmica multicolorido que nunca teve cores tão vivas e nítidas como naquele dia. Pisei em todas ao mesmo tempo, sem escolher só o vermelho ou só o azul ou só o verde, como de costume, cuidando pra não errar os degraus e desabar. Catei o corpo dele no chão, porque um corpo de braços moles assim você pode apenas catar e sentir o peso. Aspirei com força o perfume cítrico que ele borrifava logo ao acordar, emprestei meu coração batendo contra o dele, acreditei por alguns minutos naquele transplante de vida que eu operaria naquele abraço, não vai ainda, por favor, não vai, mal tivemos tempo. Ainda se chama abraço quando só um envolve uma massa de carne, ossos, pelos, vísceras e veias?

O último abraço antes desse arremedo, alguns dias antes, mas apressado, meus abraços com ele eram sempre apressados. Temia que ele me prendesse e me sufocasse, que não me deixasse seguir com minhas pernas livres, que quisesse enganchar seu braço no meu e ditar meus rumos. Escapava rápido dos seus beijos de origem sírio-libanesa, melados, mantinha uma distância que deixasse minha vida própria segura, e foi só quando tomei o chá indígena alucinógeno feito de cipós, um líquido viscoso que nunca poderia ser chamado de chá, porque aí, sim, eu teria me preparado para a gosma de retrogosto de vômito, foi só aí que entendi que minha vida própria nunca estaria a salvo dos tentáculos dele. Era assim que eu via seus braços: cheios de ventosas adesivas. Mas no dia do chá, quando eu o senti em minhas moléculas, no meu plasma sanguíneo, quando eu soube com o meu corpo que eu era ele e ele era eu, entendi: poderia ter repousado naquele abraço morno sem desconfiança. Sem aquele abraço eu era só o temor do sufocamento masculino, sem o aconchego.

Soltei o corpo no chão, incrédula de que meu coração pressionado junto ao dele não lhe devolvera os movimentos. As pálpebras ainda semiabertas de quem quase não teve tempo de morrer. Ouvi um barulho e o encontrei assim, caído, o computador ligado, minha mãe arfava, sentando e levantando da cadeira dele, vazia.

Te liguei. Seis meses de separação, e era você que eu ainda queria chamar pra escolher o caixão mais apropriado pra enterrar um amor. Simples, sem detalhes rebuscados, você sintetizou, enquanto eu passava os plásticos da pasta de capa preta, enxergando várias caixas de madeira iguais e meio borradas. Era uma dimensão nova do mundo, um portal que se abria, e neste mundo paralelo eu mal sabia minha caligrafia pra assinar os cheques. Tudo, tudo agora me parece tão sem importância, tudo o que aconteceu entre nós, te disse. A luz fria da funerária, o vendedor de enterros de testemunha. Continuo acreditando nas relações, estou vivo, quero me casar de novo, você respondeu direto e um pouco animado, o olhar desviava pro lado direito, e uma ligeira contração involuntária no lábio superior denunciava a satisfação vingativa de estar vivendo um momento exato pelo qual você havia esperado.

Você foi o primeiro a se apresentar pra carregar uma das alças do caixão até o buraco cavado na terra. O pranto de origem sírio-libanesa das minhas tias, alto, meloso, perturbava o vazio discreto do meu buraco.

O que você quer fazer?, perguntei à minha mãe, quando o dia seguinte amanheceu nublado (era isto: os dias ainda amanheceriam), o piso de cerâmicas multicoloridas da casa opaco. Ir ao supermercado, respondeu certeira. R, de ré, D, de dirigir, o câmbio automático, mas eu tentava entender com qual pé se pisava no acelerador e no freio, direito ou esquerdo. Quero levar flores e pão de queijo pras visitas depois ir ao banco, ela disse sem expressão, a lista de afazeres em dia, puxando meu braço de volta do portal. No mundo de cá, uma geringonça de quadrados metálicos vazados e quatro rodas com detalhes azuis se empurrava com as duas mãos, vamos lá, não pode ser tão difícil, mesmo arrastando essas caneleiras de peso-pesado. Dentro da geringonça-gaiola, minha mãe depositava guardanapos, papel higiênico, sucos. É melhor levar logo quatro sacos de pães de queijo.

Vamos caminhar, ela ditou, de tarde, aquele mesmo semblante fixo, alheia às caneleiras que eu não conseguia arrancar, e assim foi por todos os dias do mês seguinte. Onde eu via uma nódoa uniforme verde, ela apontava flores lilás e frutos escondidos em cascas duras do cerrado. Colhia brotos pra plantar no quintal, vestia as luvas de borracha amarelo berrante, destoando do rosto mudo de traços germânicos. Servia os pães de queijo com um canto de sorriso educado, sem dentes. Esvaziava caixas, separava descartes, procurava documentos em pastas plásticas, percorríamos juntas corredores de salas iguais, em busca de cartórios e advogados em prédios que eu nunca tinha frequentado – a morte levando a gente pra lugares desconhecidos e desbotados.

Quando fui buscar um documento em um desses cartórios, a atendente se lembrou da minha mãe. Veio aqui sozinha, sentou aí onde você está, chorou quando eu disse que ainda não estava pronto. Chorou? Foi, aí não parava de chorar mais, tive que buscar papel no banheiro, tá muito difícil pra ela, os dois faziam tudo juntos, né. Enfiei o documento na pasta plástica com a etiqueta inventário escrita à mão, abracei apertado, um abraço inteiro, a caligrafia perfeitamente oblíqua da minha mãe se borrando da água que escorria do meu rosto. Abundante, irrefreável.

Na etiqueta nova escrevi inventário em letras garrafais. Enquanto eu ocupava olhos e mãos tentando colar sem nervuras o adesivo na pasta, minha mãe aproveitou pra sentenciar: vocês já podem ir pra casa, viu, já estou bem, e você e seus filhos são muito bagunceiros, um abraço rápido de lado, sem chance de reciprocidade.

Escrevi uma mensagem da Índia, em um templo singelo, onde um sadu-mendigo-asceta (não consigo distingui-los) medita por anos a fio, fiz silêncio e me lembrei de você, desejando que esteja serena. Respondeu: não tenho tempo pra silêncios, o calvário dos cartórios não para.

Alguns meses depois, encontrou o tempo dos silêncios. Viajamos juntas, um ritual que se consolidou ano após ano. Dissemos pouco, mas compartilhamos os cafés da manhã abundantes dos hotéis, éramos pessoas de cafés da manhã abundantes, da esperança diurna, das caminhadas ao sol, da água fria acendendo o corpo. Finalizamos romances, trocamos livros e comemos frugalmente jantares logo após o pôr do sol. Nos recolhíamos cedo, esperando o amanhecer.

Foi quando inventaram os *emoticons*, carinhas expressivas que podiam ser incorporadas em mensagens enviadas pelo celular, que o rosto dela deixou de ser mudo e, pro meu espanto, passou a incluir uma piscadinha e um beijo com um coração lançado ao vento. Na lista de *emoticons*, a sombra de um abraço inteiro. Mas quase ninguém vê.

EU NÃO DISSE

Danielle com dois éles aparece um domingo de cortininha no clube. Até então desfilávamos sem parte de cima com a mesma convicção das nossas mães: crianças não precisam de sutiã. E, de repente, aquela traição me deixando pelada, aos sete anos, na frente dos garotos. Ela, com oito. Meu peito descampado, e a corcunda pululou neste dia, certeza.

Além de tudo, do nome do meu tipo preferido, chique, terminado em dois éles, Danielle era dourada, tinha coxas grossas e uma tornozeleira de prata cheia de penduricalhos. Eu, com uns cambitos brancos de Galgo, pelos pretos escovados. Às vezes tentava arrancá-los grudando um adesivo – tinha visto minha mãe depilar com cera quente no salão do clube. A técnica, mantida em segredo. Treze anos, minha mãe sentenciou, com treze anos você pode depilar. No período eleitoral, fazia estoque: abria a janela de trás do carro e aceitava todos os adesivos nos semáforos – Ronaldo Caiado, Enéas, Afif Domingos.

Peço a camiseta pra minha mãe e, claro: *pra quê, menina?*. O céu com nuvens em formato de pássaros imensos, mas desarmado de chuva. Tá ardendo, alcanço com a mão direita o ombro. Ela me entrega a blusa com olhos bem abertos, sobrancelhas arqueadas, mas não confesso nada. Nunca confessava nada. Só pra Ana Paula, da escola. A Danielle, eu apenas seguia, rindo meio arfante. Até os adultos riam das tiradas da Danielle. Já eu, o que pensava em falar nunca era o que falava, se é que alguém ouvia. Tremia até no *presente* na chamada na escola. Chorei ao ser obrigada pela professora a ser representante de turma. Os recados lá na frente. *Na vida a gente precisa de coragem, Fabiana.*

Eu não pretendia seguir aquele conselho odioso (é conselho quando imposto?) da tia Magda ao aceitar o passeio de lancha, meu primeiro no Lago Paranoá. (Já tinha andado num barco de madeira com motor no Rio Araguaia que chamavam de lancha, mas lancha era esta lustrosa, branca, com nome Dádivas de Deus.) Aceito sem vacilar, porque não cogito minha família não ir. Quer andar de lancha, minha mãe pergunta. O sorriso sai antes do pensamento, faço sim com a cabeça. Minha sorte está mudando, apesar de meio quente debaixo da camiseta, o sol do meio-dia esturricando, deve ter derretido as nuvens.

A Dádivas de Deus é do pai da Danielle, o Daniel, marido da Débora, mãe dos gêmeos Derek e Dylan, todos eles dourados. A Débora não é mãe da Danielle. Era a única família de divorciados recasados, filhos misturados, que eu conhecia – cariocas. Os gêmeos faziam vela no Lago Paranoá. Nessa época eu ainda não sabia que um gêmeo dourado criança poderia morrer afogado no Lago Paranoá. Então é só mesmo um passeio de lancha; não preciso gastar coragem à toa. Quero mais é ficar quietinha vendo a família dourada rir de um jeito que minha família não ri, um jeito quase escandaloso, quem sabe ver meu pai falar *cara* e *porra*, beber cerveja, e minha mãe tomar sol de batom cor-de-rosa com seu biquíni de marca, o roxo com a plaquinha dourada costurada no canto traseiro direito – como só faziam perto da família dourada. Minha mãe não tomava sol e nem pedia petisco no clube. Nos obrigava, eu e meu irmão, a jogar frescobol, levava sanduíche de bife enrolado no papel toalha e só deixava a gente pedir, no bar Sabor da Raiz, suco de laranja ou limonada suíça. Mas, ao encontrarmos a família dourada, porção de miniquibes e mãe com óculos escuros de aviador. Ela nunca pedia coxinha: *Não comam essas maçarocas.* Eu aceitava dos conhecidos que ofereciam, pelas mesas, quando eu encarava as coxinhas em silêncio.

Meu plano, portanto: assistir à aventura na lancha sem participar – era meu plano sempre (menos pra jogar queimada, festa de aniversário, presentes de natal), mas daí a pouco me pegava gargalhando ao invadir a casa das freiras no recreio, ao me salvar no pique-esconde, *1, 2, 3, Fabiana,* meu corpo desmaterializado, esquecida de mim. Pois bem, meu plano afunda antes mesmo de ser distraída do corpo, mais presente do que nunca, os dedos descolando um a um dos dedos da minha mãe na beirada do lago: *vai, filha.* A mão direita do pai da Danielle estendida pra me ajudar, a família dourada acomodada na lancha: *vem, Fabiana.* Quando firmo os dois pés e olho pra trás, minha mãe caminha de costas de mãos dadas com meu pai em direção à mesa. Meu irmão, com suas sardas maquiavélicas escondidas sob o boné do Flamengo, aponta o dedo pra mim e gargalha. Sem som. Da boca dele só saíam palavras pra me atazanar.

Não sei o que é pior: meu irmão ter só pra ele meu pai e minha mãe – a gente usava os possessivos até pra falar um com o outro, nunca papai e mamãe – ou ser aquele trenzinho branco – magra, com barriga de verme –, de blusa cor Flicts comprada no supermercado Jumbo, no meio da família dourada ficando cada vez mais dourada com o Rayito de Sol. A pasta alaranjanda grudenta era moda; os raios UVA e UVB, ainda não. *Tira essa blusa, Fabiana, pra pegar um sol.* Tiro. Só porque minha voz não sai. Danielle e seus irmãos não tinham barriga de verme.

Em que escola você estuda mesmo, Fabiana? Eu frequentava a fonoaudióloga desde os cinco anos, curar o Ss Ssoando como língua presa, sem ter a língua presa, mas a boca meio torta e a língua Ssaindo pelo canto da boca. *NoSsa Ssenhora Pérpetuo Ssocorro,* há tempos meu piado não vinha tão sibilado. *Por que ela fala aSsim,* Derek olha pra mãe. Uma pergunta que eu ouviria muitas e muitas vezes. *Porque ela ainda esStá aprendendo a falar,* a Danielle atropela a mãe, e os gêmeos gargalham. Barulhentos. A Débora me oferece uma Coca-cola e salgadinhos Cheetos. Fica um cheiro de chulé na ponta dos dedos, um fedor todo novo. Os irmãos enfiam os dedos um no nariz do outro, o pai manda todo mundo ficar quieto.

Uma garota anda pela primeira vez de lancha, depois de ter comido miniquibe e mergulhado na piscina com escorregador, o sol brilha lá fora, vencendo as nuvens, pessoas dão risada, salgadinho e copos, bocas se escancaram cada vez mais lentamente, eu me esquecendo do corpo, mas agora de um jeito esquisito, perdida dentro. E, dentro, absolutamente escuro. Não sei quantas vezes esta sensação se repetiria na minha vida: eu deveria estar muito feliz, mas está escuro. Dentro. A festa de música eletrônica piscando colorida, bebidas coloridas, amigos coloridos confabulando de um jeito sufocante, música alta demais, eu sem laços, uma solidão oca, o coração acelerando com os pensamentos, um bololô na garganta: *Vou vomitar!*

Vomito no lago com a mãe da Danielle segurando meu cabelo embaraçado, respingos voam em todo mundo com o vento. O Daniel para a lancha pra cairmos na água. O lago de longe é prateado, e de perto, pantanoso. Os gêmeos brincam de jogar água e puxar o pé um do outro. A Danielle me oferece goma de hortelã e a mão, pra pularmos juntas na água. O pai dela joga umas boias pra gente. São boias diferentes, duras, formato e cor de rosquinha de mel, já tinha visto em filme com salva-vidas na Sessão da Tarde. Brincamos de adedonha na volta, eu enrolada na toalha. Sei mais palavras que todo mundo, e agora elas saem da minha boca sem Ss sSibilando.

Encontro minha mãe, ela pergunta como foi e tento segurar com os indicadores a água dentro do olho. Débora diz a ela que passei mal, mas já está tudo bem. Todo mundo se despede. Minha mãe envolve meus ombros com o braço e dá dois tapinhas. Seus abraços nunca são de frente e nem apertados. Ainda assim, um cheiro de mãe.

Achei que você fosse, eu não falo pra minha mãe.

Na lancha só cabem seis pessoas, e você nunca tinha andado de lancha, ela não me diz.

Mãe, eu quero usar cortininha, eu não peço.

Minha mãe compra dois Chicabon, um pra ela e um pra mim. Vou tomar sozinha na beira do lago, prateado de longe, barrento de perto, o doce e o salgado misturados na boca.

IV. INFLEXÃO

Quando termina uma separação?
Quando termina um luto?
Quando termina um assédio?
Quando termina um aborto?
Quando termina um amor?
Quando termina um livro?

Tatiana Salem Levy, *Melhor não contar*

PORÍFERO DE ÁGUA DOCE

Chá é inapropriado. Uma bebida viscosa, fria, ocre, sabor terroso: vegetal sim, um bom nome. Vegetal – cipó concentrado líquido, eu daria este nome se a indústria farmacêutica engarrafasse. Indicação: acordar e pacificar monstros no cérebro, assim contraditório mesmo, escreveria no rótulo. Contém arbustos, não contém glúten. Instruções: após tomar a quantidade indicada pelo sacerdote, lute com os monstros até encontrar serenidade. Siga os passos da cerimônia, desgarre do eu conhecido. Advertência: se os monstros persistirem, procure um psiquiatra.

Sandinara, a guru, discordaria. Ela aumentaria a frequência, a repetição das doses, até que você ficasse com a feição serena dos *sannyasis*, de quase todos os *sannyasis*. Os moradores do *ashram* tomam o chá quase todo dia, insistem em chamar de chá, têm poucas rugas, mesmo os mais velhos, não riem demais nem de menos. Cabeça raspada – homens e mulheres –, o cabelo acumula energias negativas, dizem. Roupas largas de cores claras, sempre abaixo do joelho. Em poucos, expressões aflitas, o movimento de corpo atabalhoado. Sandinara explica que sem meditação a cura não se opera. O *ayahuasca* revelaria as coisas como realmente são, sem véus, e abriria caminhos para uma meditação mais eficaz.

Na cerimônia, Sandinara olhava um a um os visitantes do *ashram* na fila e servia no copo plástico a quantidade adequada para cada. Variava de um dedinho a um copo cheio. Eu tentava fazer a cara da iniciante que de fato era. Sandinara – o nome significa sabedoria e justiça – mirou meus olhos vacilantes, o sorriso amarelo, e transbordou o copo. A guru era meio sádica: gostava de dar uma porradinha de cara, impor respeito à planta sagrada.

O vegetal logo engatou uma disputa com o pastel de queijo que eu tinha comido no bar do Seu Portuga no caminho, sem cerveja, por recomendação da minha amiga Gina, que me acompanhava. Gina disse também para comer leve, já era iniciada. Mas eu achava só um pastel, um único pastel, uma comida levinha, até que a tal da planta sagrada me ensinou que não. O queijo borbulhava na barriga, fazia barulhos estranhos, parecia vivo. A planta crescia dentro de mim e queria expulsar o elemento gorduroso, dissonante.

Eu sentia o estômago e o intestino como um caldeirão único de líquido fervente, que explodiu por cima, por baixo, só não pelos lados porque não tinha por onde. Minutos, horas, não sei calcular, trancada na cabine do banheiro, suando gelado, contorcia com as cólicas, gemia. Era muito vermelho quando eu fechava os olhos, claustrofóbico e escuro. A figura grande de um político que eu detestava, de terno, o olhar demoníaco, crescia a cada instante, como um slide em preto e branco projetado no fundo carmim.

Bateram à porta e pediram: se fosse só vômito, que usasse a mata, porque outras pessoas precisavam do banheiro. As plantas em volta me acalmaram. Meu vômito era apenas matéria orgânica para o crescimento delas. Respiramos juntas. Eu sentia a respiração das plantas. Não queria nada além de inspirar e expirar quieta como elas. Deve ser bom ser planta. São como animais muito lentos. Veem, ouvem, cheiram, têm comportamentos. O barulho da lagarta mastigando desperta nas folhas defesas químicas. Tudo na planta é mais sutil: ela não tem sistema nervoso, só moléculas neurotransmissoras. O enraizamento das plantas, a imobilidade, faz com que sejam muito mais atentas ao ambiente do que os bichos. Um *sannyasi* se aproximou em silêncio e apontou uma planta de folhagem miúda. Uma única folha, apenas uma dentre tantas, se movia de forma rápida, incessante. Não ventava na noite quente.

Eram proibidas as conversas entre os participantes, somente comunicações rápidas e necessárias. Gina chegou perto da moita com quem eu me relacionava, sentada no chão de terra batida e grama esparsa. Eu tinha sumido por muito tempo, queria saber se estava bem. Apontou a fila para a segunda dose, para quem desejasse. Falei que finalmente estava calma, satisfeita. Ela sugeriu coragem: na segunda dose é que as coisas acontecem, a primeira às vezes é só a limpeza do corpo. Segui minha amiga em direção à fila, nunca resistia à experiência inteira. Em silêncio, observei homens para um lado, mulheres para o outro, almofadas no chão, tapetes orientais, pessoas deitadas, outras sentadas em meditação, música indiana, cheiro de sândalo.

Sandinara colocou dois dedos do líquido espesso no copo plástico. Brindei com outra taça imaginária, baixei a cabeça num misto de agradecimento e oração, imitando os que me antecederam. Sentei ao lado de Gina, tentei me concentrar na respiração. Mas meus olhos insistiam em se abrir, não queriam a escuridão de dentro. Havia muito a se ver. Tudo em volta era feito pelos sannyasis: as esculturas e bordados de motivos religiosos que enfeitavam a sala de cerimônia sincretista – de Shiva a Maria Madalena –, os potes de cerâmica com as velas, as velas em si – parafina derretida mais pavio –, a ligação elétrica que levava luz ao *ashram* no meio do planalto.

Fui caminhar de novo perto da mata que nos circundava. Uma estátua de um indígena me chamou a atenção. Uns dois metros, feita de gesso, pintada com cores opacas, esmorecidas pelo vento, sol e chuva. A estátua era suntuosa, o olhar do indígena emanava força, determinação. Começou a se mover discretamente. Ela vibrava, e eu junto. Sentei de novo no chão de terra batida, a saia longa já imunda. Finalmente consegui manter os olhos fechados, me integrei a um universo amplo, ladeada de estrelas, me sentia ínfima e infinita ao mesmo tempo. Estava acompanhada por *sannyasis* e outros viajantes na mesma frequência, podia sentir. Não queria mais voltar, existir ali no abismo me bastava. Mas não podia me largar de vez, deixar as pessoas, as que precisavam de mim.

Abri os olhos com certa urgência. Gente num transe profundo, gente vomitando na entrada da mata, gente saindo da porta do banheiro: tudo igual, e uma nova fila se formava para a terceira dose. Fui. Sandinara desta vez abriu um sorriso, colocou pouco menos do que dois dedos.

Voltei para perto da estátua, consegui uma das poucas cadeiras reservadas aos mais velhos. Esperei, ninguém ocupou, me permiti desabar e talvez tenha dormido um pouco, talvez bastante, antes de acordar sozinha. Uma solidão sinistra, arrastada, custosa de suportar. Eu a trocaria pela interação, qualquer interação trivial, com a primeira pessoa que passasse. Ninguém passou, um silêncio escorrendo. Vastidão adentro, tudo escuro de novo, eu era a solidão da noite em que você preferiu o pó a mim. A noite definitiva, a do ultimato. Você não voltou. E o ar sumiu, a glicose baixou, eu pálida de morte. Comecei a tremer, igual àquela madrugada. Eu era de novo aquela madrugada, não suportava mais ser aquela madrugada. Te vomitei inteiro, mas o desamparo não saiu de mim. Estava abandonada num projeto de dois: meus filhos são nossos.

Era a solidão primordial de criança, quando os adultos trafegavam ao redor em assuntos grandiosos, e morar dentro de mim era vazio. Ao mesmo tempo, um anseio por um futuro em que eu teria voz, lugar, e isso me fazia continuar. Senti, como nunca antes, o sangue correndo pelas veias, fisicamente correndo, o plasma, as plaquetas. O sangue da minha avó rocha, que sobreviveu à dor maior, à morte da filha, parte de mim. Abri os olhos, a música tinha se animado, transitava entre cânticos de igreja e Lulu Santos,

Clareira azul no céu
Na paisagem
Será magia, miragem, milagre
Será mistério.

Pessoas dançavam ao redor da fogueira. Comecei a mover os quadris, mãos e braços em movimentos circulares, numa espécie de dança do ventre desajeitada ao som da música pop. Um *sannyasi* de olhos azuis me observava. Rebolei com menos espontaneidade e mais método, desafiando a aura de pureza, a fidelidade exigida dos moradores do *ashram*, quase todos casados entre si, Sandinara com o mais bonito deles. Por algum motivo, muitos *sannyasis* tinham olhos claros. Talvez porque a maior parte viesse do sul, e ali, no centro do país, encontraram Sandinara, que ninguém sabia bem de onde era, só que tinha vivido na floresta amazônica, na Índia e agora no Planalto Central. Ela aparentava cinquenta e poucos anos; o marido, uns vinte a menos.

Engajei na dança circular coletiva, de mãos dadas, batendo os pés descalços com força no chão. O calor do fogo me reanimava, aquecia a água de que eu era 70% feita, eu sentia esses 70% chacoalhando. Segui as mulheres para o banho de rio, acabar de purificar minhas águas, sem medo de andar descalça pela trilha no meio da mata. Os chinelos de borracha, perdidos em algum canto. O céu com mais estrelas do que sempre, poucas casas e fazendas iluminadas. Sob a proteção – me parecia uma proteção – dos morros com árvores retorcidas e baixas, mulheres nuas e caladas num rio vigoroso. Era preciso manter as pernas firmes para não se deixar levar. Eu, bicho sem nome, espécie única de porífero de água doce, brilhante, me movendo integrada num balé com a correnteza, a luz da lua crescente em um canal direto com o peito. Vi Gina esfregando o corpo com as mãos e jogando para longe pedaços de galhos.

Depois do banho de rio dos homens, serviram sopa de legumes, dos legumes que os *sannyasis* plantavam. Seis horas e meia de ritual tinham se passado. Sentei, exausta, do lado de Gina na mesa coletiva, forrada com toalha plastificada xadrez verde e branca, natureza morta impressa. Sussurrei que um pastel de queijo e uma cerveja cairiam bem com aquela sopa. Gina me contou baixinho, séria, que tinha se encontrado com o feto abortado e feito as pazes com ele. Apontou um ex-alcoólatra e um ex-banqueiro conhecidos. Mia, francesa, ex-viciada em heroína, falou que não tinha sentido nada, mesmo com as três doses. Da janela da cozinha, onde se formava uma fila para cada um lavar sua louça, avistei a estátua indígena. Imóvel, desbotada, feia, com poucos ares de arte ancestral.

ARDITA SUBLIME

Ela abriu a porta da garagem de roupão vermelho felpudo. Foi menos glamouroso do que parece. Em volta do Uno branco, a garagem toda suja, com grandes amontoados de folhas secas. Uma lagartixa se fingia de morta na parede rugosa, manchas de mofo em formato de nuvens subiam o rodapé. Dei dois beijinhos, e Ardita disse, um pouco afobada: preciso tomar um *baño*, comer alguma coisa. Um *nh* de estrangeira.

Beto tinha mandado mensagem uma hora antes: *a caminho do sítio, podemos dar uma passada?* Ardita teclou: *chega aí.* Beto se virou para mim, a mão esquerda na direção, a direita no celular: tem certeza? Ela vai querer nos convencer a ir à festa. Tenho, é só a gente dizer não, deixa comigo, falei. Eu não ia passar sete dias num sítio isolado sem um beck. Ardita era espanhola, morava em Pirenópolis desde 2017 e tinha quatro pés de maconha. Era meio amiga do Beto desde que transaram, quando eu e ele ainda nem namorávamos. Ele me apresentou a ela em Pirenópolis, e uma vez nos esbarramos em um show em Goiânia, só as duas. Conversamos e dançamos juntas. Ela me seguiu no Instagram; segui de volta @arditasublime.

Entramos na casa, abrimos duas cadeiras de praia dobradas e encostadas na parede, improvisando uma pequena sala de estar. Ardita foi logo para o banho, e Beto, admirar os pés de maconha na estufa. No centro da sala, uma cadeira de rodinhas e uma mesa de escritório. Em cima, um computador, uma garrafa de Bacardi vazia dois terços, um prato Duralex cor ambar cheio de migalhas, loção hidratante *acetinada flor de baunilha* e um fio dental. Do teto, pendia um filtro de sonhos colorido feito de crochê.

Na porta do banheiro, uma vulva de cerâmica pregada. Se você chegasse perto, podia se ver dentro da vulva, num espelhinho. Conferi os dentes, peguei um pedaço do fio dental e me sentei na cadeira de praia. Escondi no bolso o fio num flash quando Ardita saiu do banheiro: pelada, de toalha enrolada na cabeça. Parou na minha frente e perguntou: e a *fiesta*? Vocês ainda não responderam da *fiesta*. Ia fazer quarenta e três anos e uma festa de suruba de três dias, perto de Goiânia.

Ai, não sei, Ardita, se ainda fosse dentro da cidade. Mas é longe, não dá pra dar só uma passada e ver qual é. Eu tentava soar casual, como se fosse meu hábito passar em festas de suruba. Ela garantiu, entrando para o quarto: você vai querer ficar. Beto voltou para sala e sentou do meu lado, grudado no celular. Ela saiu do quarto ainda nua, com a roupa na mão, e continuou: *mira*, é uma *fiesta* como outra qualquer, churrasco, música, *bebidiñas*, só que algumas pessoas vão estar peladas, por isso a casa isolada. Sem os óculos de leitura, sobrancelhas franzidas, Beto digitava freneticamente no telefone, não ousava levantar o olhar, sabia que o meu estaria seguindo o dele.

Ardita vestiu a regata branca e a caleçon de renda na nossa frente, dobrando exageradamente o joelho até a altura do quadril, enquanto explicava: já tem doze pessoas confirmadas, são três quartos, um deles, uma grande suíte com duas camas de casal e *bañeira* de hidromassagem. Nos outros, as pessoas podem dormir. Já tenho o número mínimo de pessoas pra bancar a casa. Mas se vocês forem, preciso avisar, porque o preço é diferente com o número de hóspedes. Quando ela desviou o rosto para pegar hidratante, abri os dois botões de cima da minha camisa jeans sem mangas.

Ai, Ardita, não sei. Você é, sei lá, militante do amor livre. Eu não sou contra, até sou aberta, vai que um dia flui. Mas numa festa distante da cidade parece obrigatório, inescapável. Eu quero poder ir embora se quiser. Ela debochou, espalhando o creme pelas coxas, ainda de pé, cheiro de baunilha no ar: militante? Você acha que vai chegar lá e todos estarão com *bandeiriñas* protestando pela suruba? Vai ter gente só observando, casal transando em público e gente que vai curtir tudo, mas com consentimento, essa é a regra. Vocês não são obrigados a nada. Eu quero aproveitar pra resolver várias vontades de uma vez só, riu. Vocês podem ir embora, são só cinquenta quilômetros de distância de Goiânia. Mas vocês vão querer ficar. Vai ter diversão pra todo mundo.

Falou dos convidados. Gente de todas as idades. De uma conhecida de Pirenópolis de vinte e poucos anos a um amigo espanhol de cinquenta e um, adepto antigo da não monogamia, mora agora em São Paulo. A recém-separada com dois filhos vai viver pela primeira vez uma experiência do tipo. Paulo, o cara de Goiânia por quem ela está apaixonada, e um amigo dele *muy* gostoso. Até fizemos uma DP juntos, disse, sem explicar. Olha, me mostrou na tela do celular um homem de trinta e poucos anos e cabelo rastafári: ele trabalha com meio ambiente, você conhece? Enfim – riu de novo –, chamei todo mundo que eu quero pegar. E adoraria contar com a presença de vocês.

Ela sentava na cadeira de rodinhas com uma perna sempre dobrada, a ponta do calcanhar apoiada no assento. Às vezes trocava o pé, mas nunca as duas pernas para baixo. Pelos buraquinhos da renda cor-de-rosa, dava para ver a mancha de pelos escura. Beto pôs o celular de lado e foi ao banheiro. Quando fechou a porta forte demais, quase derrubando e espatifando a vulva, Ardita voltou a me mostrar o cara do cabelo rastafári e falou só com os lábios, movendo-os exageradamente, sem que nenhum som saísse: *e-nor-me*. Mostrava o tamanho com as mãos e acenava a cabeça num movimento curto de sim, o pescoço inclinado para o lado, a boca mais apertada à direita deixando a bochecha saliente, uma leve covinha. Os cílios, oblíquos. Ardita, eu disse pausadamente, você não quer acender um beck pra gente continuar essa conversa?

Beto saiu do banheiro e, ao ver a evolução da conversa para o beck, a expressão dura se desmanchou em um início de sorriso, como depois de um suspiro. Vigiava os próprios movimentos, com medo de qualquer passo em falso, qualquer olhar errado, gerar um cataclisma. Passou a massagear meus pés de modo compulsivo e automático, distraindo as mãos. Enquanto bolava o cigarro com uma das pernas dobradas, Ardita contava do relacionamento não monogâmico com Paulo. Eu não me apaixonava desde 2017, falou. Acho que queria deixar claro para mim que não tinha sentimentos pelo meu marido.

Eu, na verdade, tinha certa simpatia por ela, talvez até inveja. Parecia uma grande dama de bordel, ousada, debochada e impositiva, mas de um bordel contemporâneo, uma espécie de casa de mulheres livres. Beck pronto, não me surpreenderia se Ardita o acendesse numa piteira comprida, meio melindrosa. No Instagram @arditasublime defendia a não monogamia como libertação das mulheres do amor romântico. De forma sistemática, quase obsessiva, como as testemunhas de Jeová na evangelização porta a porta, divulgava podcasts e reportagens sobre o tema, memes com os dizeres "Seja marmita de casal", desenhos de Sátiros, *selfies* saudosos de meia arrastão nas festas de amor *libre* que promovia em Madrid. Festas para sessenta, oitenta pessoas, contava nos #tbt. Queria trazer a experiência para Goiás.

Publicava também fotos de bundas e peitos em cachoeiras, com bicos tapados pelos dedos segurando dois pequis, sua marca registrada. Beto tinha curtido três dessas fotos. Depois de virarmos amigas na rede social, eu havia conferido cada *nude* para ver se ele tinha reagido.

Ardita passou o cigarro e falou: já dei um se liga no Paulo: menos DR e mais DP; um português local, sem traços de sotaque ou estrangeirismo. Ainda assim, uma língua meio cifrada para mim, que demorava alguns segundos a mais para assimilar: ah sim, discussão de relação. Contou que depois de uma transa com o Paulo e o amigo do cabelo rastafári, o namorado, novato no *ménage*, tinha ficado estranho, inseguro, e ela logo deu o basta: menos DR e mais DP. Mas o amor acontece na vulnerabilidade – ponderei. Assim mesmo, meio piegas, mais ainda porque estava de mãozinha dada com o Beto. Foi a vez de ela parar alguns segundos com ar pensativo, antes de sentenciar: é... os homens não aguentam.

Ardita – Beto aproveitou o respiro na conversa para tocar no assunto da visita –, tem um pouco desse beck pra gente levar pro sítio? Ela se levantou, foi até os fundos da casa e voltou com uma mixaria, meio amarronzada; eu esperava uma planta verdinha. Estou guardando o melhor pra *fiesta*, explicou. Vocês vão, afinal, Beto? Estava aqui perguntando praaa ... E simplesmente não lembrou meu nome. Em algum canto do cérebro, ela sabia, afinal tinha me achado na rede social e me mandado o convite para a festa. Mas na hora me pareceu a deixa perfeita: vamos, então, Beto? Senão, a gente chega muito tarde no sítio. Bora, você tá mesmo com cara de fome, ele se levantou imediatamente. Ela pareceu desconcertada, imóvel por instantes, os olhos abertos demais. Também preciso comer, lembrou, vou fazer uma tapioca. Avisem da *fiesta*, gritou do portão. Tinha vestido de novo o roupão vermelho e enrolado os cabelos escorridos, ainda molhados, num coque.

Assim que arrancamos o carro e saímos da frente da casa, despejei: eu falei, Beto, o interesse dela é todo transar com você, ela não se lembra nem do meu nome, quer me usar pra transar com você. Você ficou ofendida dela esquecer o seu nome? Achei que fosse fome, ele disse. Claro que fiquei, o mínimo é saber meu nome. É bom, ele concordou.

Mas, afinal, você quer ir à festa?, perguntei num tom desafiador. Eu tenho curiosidade, podemos ir, mas só se a gente for ficar bem, isso é o mais importante pra mim. Beto tentava uma de "tanto faz", como se a decisão fosse bar ou cinema. Eu duvidava da indiferença, adivinhava a sanha. Conseguia enxergar as mulheres com seus olhos, capturar o comichão, assimilá-lo como meu - talvez uma tentativa de controle. A questão, para mim, era: o filme será marcante? A gente nunca sabe se vai continuar o mesmo depois de um filme. Que o risco fosse mútuo.

Olha, Beto, se eu for nesta festa, não pense que eu vou lá realizar sua fantasia de *ménage* com duas mulheres não, eu vou fazer tudo que eu quiser, dois homens, três homens, gemer alto, o que me der na telha, não pense que vou fazer a esposinha recatada não. A gente pode ir só pra olhar, Beto arriscou. Ou não, respondi.

Fomos calados os quarenta minutos até o sítio. Gritei apenas para apontar um jumento morto salpicado de lama seca na beira da estrada, mas sem contar que a espécie corria risco de extinção - com o couro deles, se fabrica uma espécie de elixir da juventude da medicina tradicional chinesa, o *ejiao* –; sem brincar que eu queria o colágeno dos asnos e darmos risada. Me sentia inflamada, rodeada de fumaça, incapaz de enxergar a mim mesma. Se pensava na minha experimentação, era tomada pelo cheiro do novo. Se o vislumbrava inebriado pelo mesmo cheiro, sofria. Rejeitava e, de certa forma, buscava meu próprio sofrimento. Gente curada demais se entendia, e eu queria me perturbar. Daí queria colo, aconchego, virava quase um bebê, ansiava pelo familiar. Mas não o familiar demais. Eu era a dualidade: o sentimento e seu exato oposto. O doce-amargo.

Sem uma palavra, tiramos a bagagem do carro e guardamos os mantimentos na despensa e na geladeira. Falamos o necessário para o balé sincronizado: sacudir as redes para tirar a poeira, colocar as molas com ganchos, pendurar na varanda, pegar a garrafa de vinho, as canecas de motivos natalinos, despejar ovinhos de amendoim na porcelana branca em formato de peixe, deitar para ver o céu vasto do cerrado. Quando chegamos, o calor estava sufocante, mas uma brisa foi aliviando a noite.

O elemento mais erótico da natureza é o vento, eu disse, agarrando o dedão do pé do Beto e aproximando as redes para passar o cigarro. Ele discordou, insistindo na textura aveludada das flores. Beto era do tipo que catava verbenas nos canteiros da cidade para o jarro da mesa de canto e fazia aulas de bolero. Dava para beber a doçura dele.

Uma chuva muito fina, tão fina quanto uns respingos de aspersor, começou a cair, depois engrossou, virando um burburinho de água, e foi se transformando, lá longe, numa tempestade elétrica – clarões intensos e repetidos e som de trovão, mas a visão desconexa do barulho. O céu se acendia e se apagava. Não era fotografável ou filmável com o celular. Ainda falávamos pouco, uns corpúsculos encantados, a vontade de viver naquele instante.

Em sete dias sem internet, outros seres humanos, no meio de um fim de mundo, invadindo o espaço de maritacas, formigas, varejeiras, carrapatos, que me contra-atacavam sem dó, decidi catorze vezes não ir e catorze vezes ir à *fiesta* de quarenta e três anos da Ardita, que começaria no dia exato da nossa volta do sítio. Um monólogo interior extenuante. Quando as picadas de mutuca viravam grandes bolas vermelhas e inchadas, era não. Fora a coceira, o aspecto repulsivo, arranhado. Quando catava com uma pinça pelinhos na orelha do Beto e ele do meu queixo: sim. A sombra da mortalidade em pelinhos grossos.

Nossos corpos estavam morrendo, como todos os corpos estão sempre morrendo. Em pouco tempo – essa coisa que não existe, mas é viva, o tempo –, os cabelos dele cairiam, e eu teria vergonha da minha pele flácida. Ardita deixaria de nos receber nua na sala de estar feita de cadeiras de praia. E eu teria de ser uma outra pessoa sem o desejo dela. Sem o desejo.

O que me prende ao Beto?

Ah, a gente gosta de fazer as coisas juntos, a gente ama estar junto não é, amor?, dançar, principalmente dançar, nossos corpos se amam. A gente se renova com o cheiro um do outro, vive se cheirando. Tem uma parte nele que é meio desconstruída, ele é cuidador, coisa rara em homem, prezo muito isso. E o carinho, é, o carinho.

Sorri só com metade do rosto para Beto, a outra metade, murcha. Volta a olhar para Mateus. Ele estende a caixa de lenços quando as palavras dela começam a travar, a respiração curta, o nariz entupido. Fabiana assoa sem constrangimento, dobra o papel, limpa as lágrimas com o outro lado.

O que mais me dói é que a gente tinha abertura pra falar de desejos, quer dizer eu achava que tinha, esse era nosso pacto: falar, experimentar juntos, e mesmo assim ele não falou, entende? Achei que a gente se comunicasse bem, mas nenhum homem tem coragem pra se comunicar bem quando é um treco difícil, vocês preferem adiar ao máximo o desconforto. Você acha, amor, que foi fácil pra mim te dizer que eu beijei o Maurício? Sei que tem exceções, mas todos os homens que eu conheço são uns covardes, não conversam sobre o difícil.

Um pouco de propósito, mas talvez com certo exagero, Mateus expira ruidosamente. Já tem livros de sociologia para explicar o mundo, lhe interessa a particularidade.

— Vamos ouvir o Beto sobre isso.

A Fabiana é exageraaada, né? Eu nem transei com essa mulher, por isso não contei pra ela. Foi um tesãozinho que bateu, um lance de querer uma coisa rápida, uma punhetinha, no máximo uma estocadinha. Liguei pra mulher, mas logo depois me arrependi. A gente foi pra cachoeira, ela levou uma amiga junto, não rolou nada. Pensei em contar pra Fabiana na volta, mas aí ia dar um rolo danado, e eu nem tinha feito nada. A Fabiana é radical, incompreensiva. Com as minhas coisas, né. Com as dela, ela é suuuuper compreensiva. Se acolhe, se abraça, tranquilo, companheira, acontece – abraçou a si mesmo, dando tapinhas cordiais nos próprios braços.

Ela beijar o amigo gay, aí tudo bem, ah mas o cara é gay. Como se por isso o beijo não valesse, isso é preconceito, viu, meu amor? Seu amigo não ia gostar nada de saber que você não considera o beijo dele, beijo. Beijo é beijo. Mas entendi, foi coisa de momento. Isso não me abala. Mas imagina se fosse eu? – o indicador e o dedo médio levantados girando para frente feito língua de sogra desenrolando, as unhas comidas.

Noooossa, a Fabiana não ia falar comigo por uma semana, ia me bloquear no celular, sair pra se vingar. E o que eu fiz? Nada. Disse: entendo, meu amor, mas olha como pra você sempre tem dois pesos e duas medidas. Não foi o que eu te disse calmamente, meu amor?

Que cínico, não tô me aguentando, como você é… – ela levantou o antebraço com a rapidez de uma espada, chegou o quadril para a parte da frente da poltrona, empinou a bunda e endireitou a coluna.

No antebraço levantado, a unha do mindinho roxa, pronta para se descolar da pele. O único remédio é a troca: embaixo da traumatizada começa a nascer uma inteira nova.

— Fabiana, vamos esperar o Beto acabar de falar?

Acabei, pode deixar ela falar – Beto encolhido e colado no encosto da poltrona de camurça e rodinhas exatamente igual a dela. Embora alguns centímetros mais alto, parece mais franzino do que ela. Empurra a cutícula dos outros dedos com o polegar.

Mateus vê uma pelinha dura no canto do próprio indicador, na mão repousada sobre o bloco pautado, mas contém a vontade de arrancá-la com os dentes. Já tem um band-aid em outro dedo.

Como você pode comparar beijar um amigo gay num bloquinho de carnaval com ligar pra ex-peguete pra comer de novo, não transar porque ééela não quis, levou uma amiga, ela fez isso porque você passou quase dois anos sem aparecer, ééla me disse, foi a Ardita mesma quem me disse isso, você ficava objetificando ela, achava que podia pegar quando queria, começou a namorar, deu *ghosting*, reapareceu e achou que ela ainda ia estar pronta pra te dar, errou com ela, errou comigo – o dedo indicador batendo seguidamente na própria coxa. Graças às deusas ela jogou a merda no ventilador, pra eu parar de ser otária, achar que você é um fofinho compreensivo, aliás foi por isso que foi tão compreensivo com o beijo, macho tóxico com cara de bonzinho, prefere fazer por trás do que lidar com regras iguais pros dois, pra mim foi igual se você tivesse transado, porque se não transou foi porque levou um fora, por você transaria com ela e a amiga, aposto que foi isso que passou pela sua cabeça quando ela perguntou se podia levar uma amiga, seu babaca, para de me tratar igual a uma idiota.

Mateus nota, no dedo que segura a caneta, umas películas tão secas que se abrem no canto feito espigas.

— Beto, o que você tem a dizer sobre a fala da Fabiana?

Eu me arrependi, me arrependi no minuto em que elas entraram no carro, continuei me arrependendo depois, me desculpa, meu amor? Dá pra você me perdoar? Dá pra você dar uma chance pra eu ganhar sua confiança de novo? Você pega um erro meu, só um erro, e me desqualifica por inteiro, acha que tudo que a gente viveu não valeu de nada, o nosso pacto é bonito sim, eu tô tentando uma coisa nova com você, essa coisa de falar dos desejos, tentar realizar juntos, mas escorreguei, errei uma vez, tô mudando.

Tá mudando de quê pra quê, Beto? Você era uma pessoa diferente antes e está melhorando? Eu nem conhecia essa pessoa de antes, tô conhecendo agora, tô sendo apresentada agora pra esse cara, o dissimulado. Quantas vezes você deve ter feito coisa parecida, olha a fratura no seu discurso.

Juro que não, nunca fiz nada, nunca te traí. Você não pode desconfiar de tudo por conta de uma vez. E nunca deixei de te amar.

Eu não acredito em você, clichezento, sub-reptício, tem tipo uma geleca verde dentro, me lembra um personagem de Machado de Assis, não sei qual, um dos que falava empolado, sabe? E às vezes afina a voz na hora em que está mentindo, chafurdado da imoralidade da política até o nariz, se contaminou por ela. Prende a respiração e segue falando fininho, sem pestanejar nem pensar. Acha que uma mentirinha não é de nada, tem certeza que vai dar sempre um jeitinho. E quem está falando de amor, seu babaca? Eu tô falando de pacto. Acredito em amor-ação, não sentimento, sempre te disse isso. E por falar em ação, você não dá conta nem de mim direito, foi procurar outra por quê?

Nooossa, você também parece que não vem sendo muito honesta comigo, hein, nunca tinha me falado dessa insatisfação. Como você pode me reduzir a um ato errado meu, Fabiana? Você é assim, por isso não dá pra conversar com você. Sub-reptício? Tudo você dramatiza, exagera, esquece todo o bom, hiperfoca o ruim, fica atrelada ao detalhe, não consegue ver o todo. Tudo isso pra mim foi nada, absolutamente nada, um ato besta, um tesão de momento, me arrependi logo depois.

Você se arrependeu porque não deu certo, senão ia ter se esbaldado com...

— Fabiana, vamos ouvir o Beto?

Eu amo estar com você, amo você inteira, vejo o detalhe ruim e deixo passar, deixo passar seu papinho de fui levada pela atmosfera de sonho do carnaval – a voz em falsete –, penso: a Fabiana acha que me engana com esse papinho, sei que você era louca pra pegar o cara, sendo gay não sendo gay, mas não te reduzo ao momento, porque enxergo a mulher inteira. Você não me enxerga, não me admira, nunca me admirou, não é de agora, nunca confiou em mim, desconta em mim a raiva de todos os homens, porque eu aguento. Eu não reajo, não explodo, não confronto, aprendo com você, aceito tudo, eu aceito tudo de você, Fabiana, mulher da minha vida, com quem quero passar o resto da minha vida inteira.

– Beto, talvez exatamente por isso a coisa tenha chegado aonde chegou. Vamos ficar por aqui.

Mateus se levanta. Fabiana pega a bolsa de couro verde, diz *Até logo* sem olhar o terapeuta nos olhos e sai pisando firme e apressado. É a terceira sessão, passara a usar saltos. Beto fica de pé devagar, cata a pasta de couro marrom e trespassa pelo tronco. Estende a mão para Mateus, *Valeu, cara, boa semana*, uns passos atrasados, *É... Mateus, meu avô sempre me dizia: cometa erros nobres, não os óbvios.* O indicador levantado. Mateus sorri: *Até quinta.*

Encosta a porta quase nas costas de Beto, tamanha a urgência. Toma alguns goles de água, tira o maço de cigarros e o isqueiro de dentro da gaveta da escrivaninha. Acende na janela – é proibido fumar no prédio –, bafora a fumaça para fora, ao mesmo tempo em que aperta o spray FreeCô na sala. Apaga o cigarro no parapeito, olha para os lados e joga a bituca pela janela. Sai e fecha as duas portas que separam o consultório da sala de espera, em seguida tranca a porta da antessala, vira à esquerda no corredor e anda até três salas adiante.

As duas portas estão abertas, a da antessala e a do consultório. Mateus pede licença, entra, cumprimenta sem virar o rosto e deita diretamente no divã.

— Como você está, Mateus?

Minha vontade é dormir aqui – expira forte, corpo de desmaio.

A convivência a dois é impossível. Todo mundo tem razão e ninguém tem. Umas pessoas levam algumas coisas a sério demais, outras na brincadeira, nunca as coisas que um leva a sério são as mesmas que o outro leva. E ninguém muda, a gente segue o mesmo até o fim.

Quase certeza, fecha os olhos. Da cadeira, só é possível ver o contorno do rosto da pessoa deitada no divã.

– Como está o atendimento com o novo casal?

Eles são iguais, cada um quer fazer o que der na telha, sem valer o mesmo pro outro. É o que eu sempre digo: gato se atraca com gato, cachorro com cachorro, leão com leão. Tem cachorro com leão? Tem. Mas não é a regra. Cachorro vira leão ou leão vira cachorro? Não, não vira. Cachorro vai ser sempre cachorro. Não aguento mais os pormenores dos outros, como se não bastasse meus próprios pormenores.

— Seus pormenores?

Meus pormenores.

Mateus fica em silêncio. Arranca a pelinha branca dura do indicador. Sangra. Ele se vira meio de lado, o suficiente para puxar um lenço da caixa, sempre a postos na mesinha de cabeceira do divã, onde também repousa um abajur. Joga o papel ensanguentado sob o feixe de luz. São seis e quinze, anoitece. Anoto no caderno preto de capa dura: pormenores. Mateus volta a falar.

Por que que a gente insiste no trincado, por que que a gente resiste à liberdade? Perguntei na sessão o que, afinal, ligava ela ao Beto.

Fabiana aperta com o polegar a unha roxa do mindinho, que quase se solta da pele.

O que me prende ao Beto?

Quero te dizer também que nós, as criaturas humanas, vivemos muito (ou deixamos de viver) em função das imaginações geradas pelo nosso medo. Imaginamos consequências, censuras, sofrimentos que talvez não venham nunca e assim fugimos ao que é mais vital, mais profundo, mais vivo. A verdade, meu querido, é que a vida, o mundo dobra-se sempre às nossas decisões. Não nos esqueçamos das cicatrizes feitas pela morte.

Lygia Fagundes Telles, *As meninas*

Senti-me então como se eu fosse um tigre com flecha mortal cravada na carne e que estivesse rondando devagar as pessoas medrosas para descobrir quem teria coragem de aproximar-se e tirar-lhe a dor. E então há a pessoa que sabe que tigre ferido é apenas tão perigoso como criança. E aproximando-se da fera, sem medo de tocá-la, arranca a flecha fincada.

Clarice Lispector, *Água viva*

AGRADECIMENTOS

À prima Rita de Podestá, que primeiro me disse: você é escritora.

À Carla Kinzo, que me garantiu: você é escritora.

À Noemi Jaffe, por tirar o melhor de mim como escritora.

À amiga Carol Nogueira, pelo desenho da capa e por todas as trocas, pessoais e artísticas.

Aos meus primeiros e mais afetuosos leitores: Bárbara Semerene, Clarissa Teixeira, Dani Cadena, Dani Cronemberger, Dani Goulart, Gabriela Jardon, Maíra Attuch, Marcus Martins, Mari Távora, Mateus Vieira, Tainá Frota, Zé Ricardo Fonseca – para você, a citação de Clarice.

Aos meus leitores mais críticos e tão necessários, colegas da Escrevedeira.

Ao Juliano Lagoas, porque sem a psicanálise este livro não existiria.

À Mariana Salomão Carrara, por já ter escrito o livro que nomeia muitos dos meus sentimentos: *Não fossem as sílabas do sábado*, citado no conto *Você*.

À minha mãe, por me ensinar a ir sempre adiante.

CARA LEITORA, CARO LEITOR

A **Cachalote** é o selo de literatura brasileira do grupo **Aboio**.

Lemos, selecionamos e editamos com muito cuidado e carinho cada um dos livros do nosso catálogo, buscando respeitar e favorecer o trabalho dos autores, de um lado, e entregar a vocês, leitores, uma experiência literária instigante.

Nada disso, portanto, faria sentido sem a confiança que os leitores depositam no nosso trabalho. E é por isso que convidamos vocês a fazerem cada vez mais parte do nosso oceano!

Todas as apoiadoras e apoiadores das pré-vendas da **Cachalote**:

> **— têm o nome impresso nos agradecimentos dos livros;**
> **— recebem 10% de desconto para a próxima compra de qualquer título do grupo Aboio.**

Conheçam nossos livros pelo site **aboio.com.br** e siga nossos perfis nas redes sociais. Teremos prazer em dividir com vocês todos nossos projetos e novidades e, é claro, ouvir suas impressões para sempre aprendermos como melhorar!

Embarque e nade com a gente.

Cada livro é um mergulho que precisa emergir.

APOIADORAS E APOIADORES

Agradecemos às 249 pessoas que confiaram e confiam no trabalho feito pela equipe da **Cachalote**.

Sem vocês, este livro não seria o mesmo.

A todos os que escolheram mergulhar com a gente em busca de vozes diversas da literatura brasileira contemporânea, nosso abraço. E um convite: continuem acompanhando a **Cachalote** e conheçam nosso catálogo!

Adriane Figueira Batista
Alessandra Anselmo
Alex Ribondi
Alexander Hochiminh
Aline Queiroz
Allan Gomes de Lorena
Ana Beatriz Sottili
Ana Carolina Abreu
Ana Maiolini
André Balbo
André Pimenta Mota
Andreas Chamorro
Angela Marsiaj
Anna Martino
Anthony Almeida
Antonio Luiz de Arruda Junior
Antonio Pokrywiecki
Antonio Vital
Arthur Lungov
Barbara Semerene
Bianca Monteiro Garcia
Bruno Coelho
Bruno Radicchi
Caco Ishak
Caio Balaio
Caio Girão
Calebe Guerra
Camilo Gomide
Carla Geraldo de Moraes Teixeira Panisset
Carla Gomide
Carla Guerson
Carol Siqueira
Carolina de Podestá Martin Santana
Carolina Nogueira
Carolina Pompeu

Caroline Camargos
Cássio Goné
Cecília Garcia
Cecília Macêdo
Cintia Brasileiro
Clarissa Teixeira Santos
Cláudia R. F. Lemos
Claudine Delgado
Cláudio Augusto Ferreira
Cláudio Nazareno
Cleber da Silva Luz
Cristiana Guimaraens
Cristina Machado
Dani Cronemberger
Daniel A. Dourado
Daniel Dago
Daniel Dourado
Daniel Giotti
Daniel Guinezi
Daniel Leite
Daniel Longhi
Daniela Cadena Henrique de Araújo
Daniela Rosolen
Daniella Caribé Schwam
Daniella Goulart Rodrigues Silva
Danielle Martins Silva
Danilo Brandao
Débora Cronemberger
Denise Lucena Cavalcante
Dheyne de Souza
Diogo Mizael
Dora Lutz
Eduardo Rosal
Eduardo Valmobida
Enzo Vignone
Erich Botelho
Ezio Evy
Fábio Franco
Fany Silveira
Febraro de Oliveira
Fernanda Maciel Mamar Aragão Carneiro
Flávia Braz
Flávia Castro
Flavia Rolim de Andrade
Flávio Ilha
Francesca Cricelli
Frederico da C. V. de Souza
Gabo dos livros
Gabriel Cruz Lima
Gabriel Stroka Ceballos
Gabriela Bia
Gabriela Machado Scafuri
Gabriela Reznik
Gabriela Rocha Tanezini
Gaby de Aragão
Gael Rodrigues
Georgeana Gonçalves Dias Ferreira Barjud
Georgia da Cunha Moraes
Gisele Arthur
Giselle Bohn

Guem Uchida
Guilherme Belopede
Guilherme Boldrin
Guilherme da Silva Braga
Gustavo Bechtold
Gustavo Jose Batista Amaral
Gustavo Murici
Nepomuceno
Gustavo Pinto
Henrique Emanuel
Henrique Lederman Barreto
Henrique Luz Santos
Ieri Barros Luna
Isabella Ferrugem Vieira
Ivana Fontes
Jadson Rocha
Jailton Moreira
Janary Melo Lima Junior
Jefferson Dias
Jessica Ziegler de Andrade
Jheferson Neves
João Luís Nogueira
José Carlos Oliveira
José Ramos Teixeira
José Ricardo Bianco fonseca
Julia da Silveira Codo
Júlia Gamarano
Júlia Vita
Juliana Costa Cunha
Juliana Slatiner
Juliana Zancanaro
Júlio César Bernardes Santos
Karla Alessandra
Silva e Oliveira
Karla de Podestá Haje
Katia Freitas
Kátia Soares Braga
Keila Santana
Laís Araruna de Aquino
Laura Redfern Navarro
Leitor Albino
Leonardo Pinto Silva
Leonardo Zeine
Lili Buarque
Lisaura Cronemberger
Mendes Pereira
Livia da Silva Neiva Martin
Lolita Beretta
Lorenzo Cavalcante
Luanne Batista
Lucas Ferreira
Lucas Lazzaretti
Lucas Verzola
Luciana da Silva Teixeira
Luciano Cavalcante Filho
Luciano Dutra
Ludmila Espíndola
Castanheira
Luis Felipe Abreu
Luisa Daldegan
Teixeira Magno
Luísa Machado
Luiz Gustavo
Medeiros de Lima

Luiz Gustavo Vidal Xavier
Luiza Leite Ferreira
M. Beatriz O Padilha
Maibe Maroccolo
Maíra Brito
Maíra Gadelha
Maíra Monteiro Attuch
Maira Santana Fioravanti de Almeida Aguiar
Maíra Thomé Marques
Manoel Roberto Seabra Pereira
Manoela Machado Scafuri
Marcela Roldão
Marcello Larcher
Marcelo Conde
Marcelo Ottoni
Marco Bardelli
Marcos Vinícius Almeida
Marcos Vitor Prado de Góes
Marcus Augustus Martins
Maria Amélia de Amaral e Elói
Maria Cristina de Pina Martin
Maria de Lourdes
Maria Fernanda Vasconcelos de Almeida
Maria Inez Porto Queiroz
Maria Luíza Chacon
Mariana Donner
Mariana Figueiredo Pereira
Mariana Siqueira de Carvalho Oliveira
Mariana Távora
Marina Lima de Fontes
Marina Lourenço
Marisa Ferreira da Silva
Marlon Rios de Moraes Ribas
Mateus Magalhães
Mateus Marques
Mateus Torres Penedo Naves
Matheus Picanço Nunes
Mauro Paz
Mayra Mesquita Araújo da Cunha
Mikael Rizzon
Milena Martins Moura
Mônica Montenegro
Mônica Padilha Fonseca
Murilo Souza
Narciza Leão de Souza
Natalia Timerman
Natália Zuccala
Natan Schäfer
Nazareth Pinheiro
Noeli Nobre Paim
Odylia Almacave
Otto Leopoldo Winck
Paola Lima
Patricia Roedel
Paula Luersen
Paula Maria

Paula Moraes Bittar
Paulo H. Ellery
Paulo Scott
Pedro Henrique Sassi
Pedro Torreão
Pietro A. G. Portugal
Rafael Mussolini Silvestre
Rafaella Ferrugem Vieira
Raphael Luiz de Araújo
Ricardo França Laquintinie
Ricardo George
de Podestá Martin
Ricardo Kaate Lima
Rita Aragão de Podestá
Roberta Viegas e Silva
Robson Vinícius
Gonçalves Rodrigues
Rodolfo de Podestá Martin
Rodrigo Barreto de Menezes
Rogerio G. Giugliano
Samara Belchior da Silva
Sandra Amaral de Sousa
Sara de Sousa Coutinho
Sergio Mello
Sérgio Porto
Sheila de Podestá Martin
Tainá Frota
Tais Mendes
Thais Fernanda de Lorena
Thassio Gonçalves Ferreira
Thayná Facó
Thelma Aviani Ferreira
Thiago Machado Martins
Tiago Moralles
Valdir Marte
Vera de Oliveira Morgado
Vera Guimarães
Weslley Silva Ferreira
Wibsson Ribeiro
Wilton Rossi Rodrigues
Yury Hermuche
Yvonne Miller

PUBLISHER Leopoldo Cavalcante
EDITOR-CHEFE André Balbo
REVISÃO Vereranda Fresconi
DIREÇÃO DE ARTE E CAPA Luísa Machado
ILUSTRAÇÃO Carolina Nogueira
COMUNICAÇÃO Thayná Facó
PROJETO GRÁFICO Leopoldo Cavalcante
ASSISTÊNCIA EDITORIAL Nelson Nepomuceno

Grafia atualizada segundo o Acordo Ortográfico da Língua Portuguesa de 1990, que entrou em vigor no Brasil em 2009.

Dados Internacionais de Catalogação na Publicação (CIP)
Aline Graziele Benitez — Bibliotecária — CRB-1/3129

Haje, Lara
Eu não disse / Lara Haje. -- 1. ed. -- São Paulo : Cachalote, 2024.

ISBN 978-65-83003-08-9

1. Contos brasileiros I. Título.

24-238134 CDD-B869.3

Índices para catálogo sistemático:
1. Contos : Literatura brasileira

[2024]

ABOIO EDITORA LTDA
São Paulo — SP
(11) 91580-3133
www.aboio.com.br
instagram.com/aboioeditora/
facebook.com/aboioeditora/

[Primeira edição, dezembro de 2024]

Esta obra foi composta em Adobe Caslon Pro.
O miolo está no papel Pólen® Bold 70g/m².
A tiragem desta edição foi de 500 exemplares.
Impressão pelas Gráficas Loyola (SP/SP).